人间蔷薇

卞毓方◎著

济南出版社

图书在版编目（CIP）数据

在人间种蔷薇 / 卞毓方著 . -- 济南：济南出版社，2025.6. -- ISBN 978-7-5488-7264-1

Ⅰ . I267

中国国家版本馆 CIP 数据核字第 2025JF2493 号

在人间种蔷薇
ZAI RENJIAN ZHONG QIANGWEI

卞毓方　著

出 版 人	谢金岭
责任编辑	李圣红　陶　静
封面设计	八　牛
出版发行	济南出版社
地　　址	山东省济南市二环南路 1 号（250002）
总 编 室	0531-86131715
印　　刷	济南乾丰云印刷科技有限公司
版　　次	2025 年 6 月第 1 版
印　　次	2025 年 7 月第 1 次印刷
开　　本	148mm×210mm　32 开
印　　张	8.75
字　　数	154 千字
书　　号	ISBN 978-7-5488-7264-1
定　　价	39.00 元

如有印装质量问题 请与出版社出版部联系调换
电话：0531-86131736

版权所有　盗版必究

目录
contents

第一辑　在人间种蔷薇

生命的序幕 / 003

眼前多少绿意 / 010

门缝里看戏 / 016

青青园中葵 / 023

扁担那头的父亲 / 033

因为他们，我考上北大 / 039

雨染未名湖 / 044

煮雪烹茶之忆 / 047

从《诗经·秦风》里，拎出一个"我" / 051

历书上的英雄豪杰 / 057

第二辑　解构彩虹的经纬

山中天籁 / 065

瀑布声里，有命运在大笑 / 070

登山小鲁 / 079

三文鱼的生命史诗 / 085

蔚蓝的呼吸 / 091

唐诗中的"最后一片叶子" / 104

书香与气度 / 112

贝聿铭和他的自传 / 116

借 光 / 123

蓝天上的虹影 / 127

读者的风景 / 134

雪 冠 / 140

少女的美名像风 / 144

双梦记 / 149

烟云过眼 / 151

天有多高 / 157

张家界（外二则） / 163

普林斯顿的咖啡小屋 / 172

九秋天地入吟魂 / 181

天使的翅膀 / 187

第三辑　不可量化的灿烂

蔼蔼绿荫 / 193

回望钱学森 / 207

先生之风 / 214

杨绛：天生一颗读书种子 / 220

季式幽默，百炼钢化为绕指柔 / 225

韩美林——工作证上贴的是猫头鹰 / 233

"不可夺"之志 / 238

黄永玉：小才发挥到极致 / 242

弱项与强项 / 252

心　读 / 254

幸亏我不是 / 258

天声人语——祖孙空中对话 / 264

第一辑

在人间种蔷薇

生命的序幕

我一直说不清我出生在哪儿。这事从侧面证明，我的降生平淡无奇，既没有府第烘托，也没有名医院名产科大夫背书，就像大地上多了一粒灰尘，任谁，都懒得去理会。连最亲密的家人，也绝口不提。只有我本人不甘被埋没，曾撰文钩玄索隐。首先确定，我老家是阜宁县陈良乡，这是板上钉钉的。其次，陈良乡在划归阜宁县之前，隶属于建湖县，这也确切无误。我小学时填表格，起初籍贯写的建湖，而后改成阜宁。但是，近来翻阅盐阜地方史，愕然发现：射阳县创立于一九四二年四月，它早期的辖境，包括了陈良。两年后我出生时，陈良仍然归于射阳。就是说，我是地道的射阳人，是它的第一批新生代土著。

确定我和射阳的"血缘关系",并不等于就能确定我具体的出生地。选项依旧有两个:陈良与合德。陈良是祖居的老家,合德是祖父创建的新家。这两处地方,一在射阳之西,一在射阳之东,相距一百多里。我出生时,究竟是在陈良,还是在合德,始终是个谜。

我也说不清我是出生在船上,还是岸上。因为老家也好,新家也好,似乎都没有父母的房子,他们住在船上。这么说,我是肯定出生在船上的了。仔细一想,又觉得不合逻辑。老家,是曾祖父创下的基业。曾祖父过世,祖父接手,祖父迁走,父亲是长子,理应有所继承,再说,一条小船,来来回回在苏北和上海之间跑单帮,哪里还能容得下大哥、二哥,大姐、二姐?岸上必然有房子,我当时太小,没记住。

母亲有次提到我出生后的"闹腾",透露了可能的信息。母亲说:"你生下来后,总是哭,总是哭,白天黑夜哭个不停。迷信认为是前世阴魂作乱,不愿转世投胎。那天,你爸爸拿了一个畚箕,把你装进去,撂到屋后的垃圾堆。你一下子不哭了,从此变得很乖。"

母亲这里提到的"屋后",究竟是谁家的屋后呢?难道不应是父母的吗?我啰唆这些并非出于矫情,实在是,一个人出生的地点,关乎他未来的命运。

我最早记得的事,是一岁多一点时的。这话说出来,恐怕谁也不信。大家知道,三岁以前的事,是记不住的,仅有极少数例外。我的一则记忆,恰恰就属于例外:那是大热天,那是一处旷地,地上有一堆火,火上烤着小猪,一帮穿黄衣服的男人,围着火忙碌……猪烤熟了,众人用刺刀挑着,大口撕咬……面目狰狞,火舌四蹿。

我说不出自己当时是多大,也不晓得那是什么地方,什么人。若干年后,二姐告诉我:"那是日本鬼子,地点在爹爹(祖父)家西边闸口旁的河湾,猪是从陈爹爹家抢来的,毛都没刮,就搁在火上烧。大人远远地站着望,小孩子胆大的,走近了看。我十岁,你两岁,我驮着你,也凑过去瞧热闹。突然,不知哪儿飞来一团烂泥巴,正好砸着一个鬼子的鼻子,吓得他把嘴里的猪肉都喷了出来。跟着又飞来一块碎砖头。鬼子慌忙集合,排成两队,端着枪,四面张望。我怕出事,驮着你离开,你舞着手,不肯走。吃晚饭时,听爸爸和大哥讲,鬼子已经撤出合德,朝盐城方向移动,看形势要垮台了。"

我怎么也没想到,我与穷凶极恶的日本鬼子,竟然在这么小的年纪照过面,那狰狞而又狼狈的形状,就此在脑海定格。我也没想到,我后来大学的专业是日语,每逢和日本人打交道,眼前总会浮现那张"老照片"。日本侵略军溃败前的一幕被一个婴儿记住了,不仅记住了,而且终生不忘,这是天意。

二姐说我两岁,是虚岁。查射阳县志,日本侵略军是一九三九年冬天进驻合德,一九四五年七月二十九日仓皇撤退(半个月后,日本天皇就宣布无条件投降)。当时的我,满打满算,仅一岁零三个半月。

两岁的事我说不出,缺少特别的参照物。也许哪一天我会忽然抽出一根线头,一扯一大串,这会儿还不行。三岁,四岁,五岁,那印象就多了,密密麻麻,重重叠叠。重叠得最多因而也记得最牢的,是回老家。一条水路,从合德到陈良,途经中兴镇、陈洋、小关子、老屋基、沟墩。射阳是老区,一九四六年实行土改,我家是贫农,分得十一亩水田。父母那时已移住合德,田给三叔父代管,每年栽秧、割稻,都要回去。平时我是跟着祖父祖母过,趁着这机会,父母也会带我回老家玩一趟。

老家建在高墩,南临马泥沟河,传说唐王李世民东征,在此留下御马的蹄印。西傍一条小河,无名。放眼四处俱是河道,密织如网。墩子上一排草房,坐西朝东,北边住的是三叔父家,南边住的是三祖父家。门前长着两棵老槐树,那真是高,在幼小的我看来,简直钻入云霄,我曾经煞有介事一本正经地想过,要把多少棵老槐树连接起来，就能爬到天上。

老槐树予我最早的美学诱导，来自它的整体长势。有一天我偶然观察到，老槐树是长在墩子东边的，枝枝丫丫都朝东南倾斜，大人说，那是跟着太阳跑的，但是它的根须，没有向东南延伸——东边悬空，南边还有余地——而是向西北蜿蜒，一路挺进到三叔父家的墙脚，有一截露出地面。三叔父把它深埋进土，顺便给拐了个方向，朝东北，免得拱坏屋基。瞧，枝枝丫丫向东南发展，根根须须却朝西北爬伸，树木天生就懂得生存哲学，越是高大，越讲究平衡。

屋后是一片竹林，细瘦，茂密，挺秀，砍下来可以做篱笆、竹帘、钓竿、风筝、竹蜻蜓——最后一项是我的手工课，我是笨，制出来的玩意儿总是飞不过别人。父亲有项绝技，把细竹竿竖在右手拇指外侧，来回大幅度晃悠，竹竿就像被拇指吸牢，中途绝不会落下。父亲甚至能将扁担搁在右小臂内侧，如是表演。我让父亲教我，怎么教也学不会。父亲说，这要用巧劲、趁劲。啥叫趁劲？不懂。长大后才豁然：一切高超的表演都是艺术。

高墩北边是牛棚，牛棚北边是水车。牛是农家的坦克，当它犁田，我跟在后面吆喝，恍若有坦克大兵的洋洋得意。踩水车是大人的游戏，一般四人一组，双臂担在横杠上，双脚踩动脚拐，说说笑笑，快活郎当。小孩子无份，每想尝试，大人总说："去，去！等再吃十年饭。"

十年饭是多少碗啊？好想赶快把它扒拉完。

水车北边有一道板桥，连接河那边的神秘世界。一天，我尝试躲开大人，独自过桥探险，眼看走了一半，侧面一阵狂风刮来，立脚不稳，扑通一声跌进水里。现在回想起来，当时并不觉得怕，只感到耳朵嗡嗡响，身子忽忽悠悠，一个劲地往下沉，沉，沉到后来，脚底触到一片坚实，本能地使劲一蹬，迅速向上浮。我浮得好轻松，好自在，头顶一片白花花的亮光，我冲着亮光拼命举起双手——桥上恰巧有大人经过，一把将我从水中拎起。至今记得人家说的话："你命大，三四岁的伢子，掉到河里，居然不慌不乱，举着双手向上浮。"

后来母亲带我过桥。桥那边有大周庄，那里住着我的二姨，门外有棵钢橘树，那果子只能玩，不能吃。几年后我读到"橘生淮南则为橘，生于淮北则为枳"，私塾先生解释，这枳，就是钢橘。一地的风水如何，人不说，树说，果实说，花呀草呀的也会说。大周庄过去有大曹庄，那是母亲的娘家，我没见过外公外婆，他们早已搬去上海，好在有的是曹姓的亲戚。一位表舅说他去过西安，问西安在哪儿，答说西北。如今，我在纬度远超西安之北的北京生活了半个世纪,提起西安,印象还是西北——我的方向感一塌糊涂,仿佛总闹不清身在淮南抑或淮北。

发生在合德新家的事,当然更多,更密,主题就是念书。如果把幼年视作蒙昧期,念书就是实实在在的启蒙。我有一篇《末代私塾生》,里面有详细的描述。再说一篇无字天书。一天晌午,与小伙伴在镇子西边的野地里玩耍。突然雷声隆隆,风雨大作。赶紧撒开脚丫,拼命往家跑。跳过沟沟坎坎,穿过瓜园、菜地,冲上一道小闸,跑得上气不接下气,淋成落汤鸡。一脚跨下闸桥,发现地面是干的,抬头,莫名其妙而大妙的是,天上居然亮着太阳。回头望,小闸西边雨还在哗哗地落。咦,就隔着一道闸,顿成晴与雨两个世界。稀奇,稀奇,真稀奇!我反身走回闸西,走进雨里,复反身走回闸东,走进阳光,如是往返,开心极了,也觉得神圣极了。

"东边日出西边雨",唐人刘禹锡早就描绘过,只是,我还得等好多日子甚至好多年头才能读到,而且读到了也未必能领会造物主的深意。老天爷见爱,提前为我泄露天机。雨落在小闸那边的土地上,也落在了我的心上。一朵思辨的花,在暗中悄悄绽放。我漫长的一生离不开大自然多情的启迪:再大的风雨尽头,也会有灿烂的阳光。

眼前多少绿意

一

"阳光是日头射出的万支金箭,它射到哪儿,哪儿就光芒万丈。"

升入初中,班级出壁报,我投稿,开篇如是说。

李立凡老师是班主任,他给我这段文字加上红圈,同时勉励:"阳光是个很宽泛的意象,可以从多角度表述,你试试看。"

是晚,我煞费苦心,另取譬喻:"阳光是日头的嘘寒问暖,流泻到哪儿,哪儿就泛光溢彩。"

次日交卷,李老师又是一通夸赞:"你感觉很好,将来能当作家。"

我满心喜悦,从此潜心练笔,记得,仅以阳光为意象，便写了《阳光是乌云的天敌》《阳光是万物的食粮》《阳光是奋斗者的信念》等短章。

你大概没有想到，李老师是教化学和生物的，不是语文老师。他"教外施化"，无心插柳，植下了我心田中的第一株文学幼苗。

二

中学语文老师，教过我的，计有五位，曾作专文叙述。另有一位，不是教员，属于"四字师"，印象特殊而深刻。

那是初中二年级，某日凌晨，学校的大门犹自紧闭，我跨越西侧数米宽的壕沟，进了校园。教室的门锁着，走廊有灯，我借着它的光亮背书。

东方泛白，身后有人咳嗽一声，回头看，是食堂的大师傅。他说："我注意了你几天，你很用功，孺子可教。语文的诀窍嘛，说来也就四个字：多读多写。"

这四字并非有多深奥，毋宁说是常识。然而，在这样一个晨光熹微的黎明，由这样一位食堂大师傅满怀关爱、郑重其事地说出，我就觉得非同寻常。也许他是世外高人，隐身伙房，今日偶开尊口，试探我的慧根；也许他是圯上老人黄石公再世，怜我苦学，特意前来传授文道的基本韬略……

岁月不居，流光飞逝，偶一回眸，仍觉疑幻疑真，神秘而又庄严。

三

初二或是初三，管启文老师教过我代数，讲的内容，早已忘光，其为人，却形象鲜明，终身不忘。

管老师的笑，是那种满脸笑纹漾开的笑，金灿灿的，美滋滋的，让人想到怒放的向日葵，想到红杏枝头春意闹。

单杠大回环，体育老师也耍不来，唯独管老师能连续旋上十几个，旋得旁观者大声喝彩，数步外的小白杨也跟着哗哗鼓掌。

一次课外活动，我练习掷标枪，距离总徘徊在三十米左右。管老师走过来，说："你出手的角度偏高，要低一点，像这样，三十度到三十五度，才能飞得更远。"

高一，管老师临时给我们代了一节几何课。我坐在后排，偷看小说。两天后，在校园里面对面碰上了，管老师叫住我，微笑着问："几何课上看小说，收获几何？"

一句话说得我面红耳赤，羞愧不已。

事后咂摸：管老师岂止是数学行家，语文水平和批评艺术也堪称里手。

四

"现在这个问题,请班上年龄最大的那个同学回答。"夏雨苍老师指着黑板上的一道数学题说。

课堂顿时鸦雀无声。

谁年龄最大?班上同学的年龄分几档,最高的一档有十几位,平素只晓得他们的生肖,至于具体月份大小,无人做过比较。因此,泥人遇木偶——面面相觑。

夏老师不慌不忙,在黑板上写下"王平"。

王平?不对啊,他年龄居中,怎么成了最大?

噢!这是射谜。语文课刚刚学过《失街亭》,马谡的副将叫王平,论起来有一千七百岁了,当然是年龄最大的啦。夏老师是教务处主任,对每个班的各门功课了如指掌。

这则花絮,发生在一九五九届学长的班上。

此幽默一出,顿使枯燥的数学课风生水起。

此幽默一出,也勾画出夏主任这位二十世纪三十年代初的大学生宝刀未老,文理皆擅,诙谐风趣。

五

我所在的射阳中学是一九五三年由陈洋迁过来的。当时是白茫茫的盐碱地，矗几排灰瓦青砖的平房，校园里没有一棵树，连草也没有几株。

潘校长带领大家植树。冬天挖好树坑，交给风吹，交给日晒。坑里挖出的盐碱土，移走。从河底挖来淤泥，堆在坑边，也交给风吹，交给日晒。春暖花开，动手栽树。在坑底铺上一层风化了的淤泥，撒上一层切碎的青草，放进树苗，扶正，再培上一圈淤泥，浇足水。最后，又撒上一层碎草、碎泥。潘校长说，植树是门学问，有生物，有物理，也有化学。

潘校长带领大家盖礼堂。自力更生，自筹自建。本县没有砖瓦厂，原材料从邻县采购，雇船运到学校南门外小洋河边，全体学生排成长龙，从河岸一直逶迤到礼堂工地，接力输送。潘校长叮嘱同学：砖笨实，三五块、七八块码成一摞，可劲搬，万一失手，跌成两截，没关系，砂浆一抹照样用；瓦细俏，缺一角，裂一缝，就成了废品，只能两片一组，小心翼翼地传递。

原来，学问无处不在，随手可拾。

我一九五七年进校，小树已然亭亭，青翠欲滴，礼堂也早落成，宽敞明丽。潘校长自当他的校长，我自当我的学生，各安其位，从无私下交集。

一九五八年秋，我因病休学一年。当我拿着休学证明离开办公室时，潘校长特意送到走廊，叮咛："这是一个小挫折，不要灰心，养好身体，明年我在这儿等你。"

这一语，眼前多少绿意。

这一语，天地多少光华。

门缝里看戏

闲来重温陶渊明的《桃花源记》。"林尽水源,便得一山,山有小口,仿佛若有光",五柳先生的想象力使我豁然开朗,我没有跟他"舍船,从口入",而是折回头,走进另一条时间隧道。

那年头,我五岁半。

此前不久,祖父带我看过一出京戏《失空斩》。几年后才知道,演的是《三国演义》的《失街亭》《空城计》《斩马谡》。当时却懵懵懂懂,不明白啥叫"京",啥叫"戏",三国人物为啥长成、穿成那个模样,讲话为啥总装腔作势,平常为啥在街上看不见他们,难道是单独住在一个叫三国的地方?一切都云里雾里,稀里糊涂。

心头痒痒,觉得太玄妙,太神秘。

很想再看一次。那是另一个世界，灯光灿亮，景色辉煌，人物相貌齐楚，气宇轩昂，一动一静、一言一语都像是在天国，绝不是我们所在的人间——正因此，要看就得付费；正因此，票再贵也有人争着买。平日瞅那些看过戏的，逢人就得意扬扬地炫耀，似乎打剧场坐一坐，自己也成了舞台人物。

祖父啥时再看戏呢，天晓得。我是小孩子脾气，上午栽树，下午就想吃果子。

戏票分三等，我记住了，最便宜的是五分钱。

对于穷人，五分钱是什么概念？不清楚。

我也不觉得我们家特别穷，左邻右舍，看上去都差不多。

是日午前，天朗气清，母亲在屋后小洋河的码头洗衣服。

我站在后面哼："我要五分钱，我想看戏。"

母亲摸摸口袋，又缩回手，不同意。

不给我就不走，一直站着磨。

母亲是疼我的，每当我和大姐、二姐闹别扭，母亲不问青红皂白，总是站在我这一边。

这天，母亲洗完衣服，却头也不回，径自走了。

断念，知道这戏票是买不成了。

午后，我到底不死心，又一个人跑去剧场。

剧场在小镇的中心，正门朝北，有人查票。大人可以免票带一个小孩，所以已经有一帮小孩在门口混，诀窍是见人就堵，一个劲地喊"爷爷""伯伯"，然后扯着人家的胳膊，大摇大摆闯进去。

瞅着眼热，但学不来。

南门，即后台，也有人把守，刚想走近瞄一眼，立刻遭到当头棒喝。

转来转去，转到西南门。那是扇木门，右侧有道竖形的裂缝，约一拃长，中间像被小刀挖过，有拇指宽，状如一只狭长的细眼，我踮起脚，还是够不着，看来是比我高的孩子干的。

身后是处土院，堆着柴禾，码得整整齐齐，再过去是人家的东门，半敞着，也许有人正从门后监视，我不敢随便搬动柴禾。

剧场南边临河，我去河浜搜索了一圈，捡得几块半截砖头。转回去，门眼已被一个大孩子占领，也许那洞就是他挖的。

无奈，只得在一旁干站。

他故意激我，大呼好看。

我让他讲讲怎么好看。

他说，两个女的站在台上，穿的衣服好看，头上插的簪子好看，一扭一摆好看，后面的布景也好看。

他没文化，我已经在私塾读了一年，刚才在正门，看到海报上写的是盐城淮剧团，演的是《西厢记》。

好不容易等到他大发慈悲，把门眼让给我，垫好砖头，站上去，勉强够到，闭上左眼，拿右眼对着，却是一片漆黑——门里有人挡着。

难怪那大孩子放弃，他看不到了。

好无奈。

身后喊喊喳喳，来了两个女的，年纪大些的，比我母亲年轻，短发，圆脸，蓝洋布旗袍，年纪小些的，比我二姐大，长辫，瓜子脸，粉红衫，走到我这里就不走了。她们想干什么？是剧场巡逻的？是拿我当小偷？

不，我太小，她们眼里根本没有我。柴禾堆南边有块空地，两人摆开架势，一比一画，开始对唱。

我不懂唱词，只听出几句"喜鹊"，但曲调婉转，声情并茂，索性倚在门上，当她俩唯一的观众。

听到后来，恍然，唱的是淮剧《梁山伯与祝英台》，镇上人谈得最多的戏文，就是这出，另一出是《白蛇传》。

若干年后我查出这是《十八相送》的唱词：

祝英台：书房门前一枝梅，树上鸟儿对打对。喜鹊满树喳喳叫，向你梁兄报喜来。

梁山伯：弟兄二人出门来，门前喜鹊成双对。从来喜鹊报喜讯，恭喜贤弟一路平安把家归。

两位女子唱罢《梁祝》，又唱了一阵歌曲，有几支我熟悉，是《小放牛》《白毛女》《游击队之歌》《解放区的天》。然后，像完成了一次街头演出，两人击掌庆贺，兴高采烈地离开。无论是当时，还是现在，我都觉得她俩是受老天爷指派，特意前来为我一人表演，以安抚我功亏一篑、濒于绝望后的失落。

过了一段时光，中秋节，私塾放假，那日下午，我又去了剧场，老地方，仍是西南门。谢天谢地，门眼还在，也没有旁人，我随身带了两块泥砖，垫着正好。

这回是建湖淮剧团，剧目是《秦香莲》。

因为缝隙太窄，角度又偏，只能看到半个戏台，人物面对观众，于我仅是个侧影。俗话说"门缝里看人——把人瞧扁了"，是说把人看小了，或者扁平化了。我倒不这么认为，反而觉得更聚焦，更诡秘。往小了说，有点像把两掌并拢，从掌缝里瞧风景；往大了说，仿佛从两壁夹峙的缝隙觑探蓝天。无论如何，这是一个特殊的与众不同的视角，你要是没经历过，就很难理解什么叫山阻水隔的世外桃源，什么叫让人叹为观止的"一线天"。

干扰也有，中途有一位观众，大概是后排的，蹭到了门前，正好遮住我的视线。

我比前番来得机灵，清了清嗓子，奶声奶气地求人家："大叔，让开一点好吗？"

门里的人听到我的话，回头瞟了一下，立马移开了。

《秦香莲》的戏，我没看过，但剧情听过若干遍，打从抱在母亲怀里起，到蹒跚学步听邻家妇女拉呱，到夏夜乘凉听大人讲故事。秦香莲的丈夫陈世美进京赶考，中了状元，招为驸马。秦香莲扶老携幼，到京城寻夫。陈世美忘恩负义，不认贤妻，并派人谋杀。开封府包拯包大人主持正义，判陈世美死罪。公主与太后出面求情，包拯铁面无私，最终将陈世美送上龙头铡。

是日我看完全场，尽兴而归。

是日我一步三跳，心花怒放。

我怒放的心花中有一朵是：哪天我挣了钱，要买头排的票，把他们剧场的戏挨个看完；如果钱有富余，就买好多张票，送给那些穷人的孩子。

半个世纪后，我历尽沧桑，风尘仆仆还乡。像武陵人重访桃花源，我去探望那座老剧场。是它，就是它。它还屹立在那里。外形虽然苍老，这是不可避免的，但功能完好，不时还有演出。我大喜过望，向陪同的朋友提出想看一场淮戏。这是乡愁，这是盐阜大地的文化结晶，另一种生命的盐分。朋友积极安排，钱嘛，自然不用我掏。我掏的是热泪——没有人知道，此刻，我又变回了那个从门缝里看戏的小男孩。

青青园中葵

一

按家谱,我的辈分为玉,祖父起名"玉方"。

四岁半入私塾,老先生翻出《说文解字》,告诉我:"玉,石之美者,有五德。"哪五德?"润泽以温,仁之方也;䚡理自外,可以知中,义之方也;其声舒扬,专以远闻,智之方也;不挠不折,勇之方也;锐廉而不忮,洁之方也。"

当时年幼,尽管老先生一再解释,我还是似懂非懂,仅仅记住了玉有五德,分别为仁、义、智、勇、洁,后面跟的那五个"方"字,是"像"的意思。

八岁上小学,插班读二年级,老师把我的"方"字加个草头,写成"玉芳",刚好班里有两个女生,一个叫王玉芳，一个叫李玉芳——这不是把我混同为女生了吗？不行，升三年级时，我自作主张，把"玉"改成了"毓"。

这一改，堪称童年的一大壮举。

毓和玉同音，含义各别，玉是天然的美石，我哪配呀，充其量——顽石而已，若想成为玉，必得请"毓"出场，毓的本义是幼芽茁发，引申为孕育、培植，取之入名，强调的是后天的修炼、培养。

二

二十世纪四十年代末五十年代初，小镇最奢侈的娱乐，是去剧场看戏。

戏种为京剧、淮剧，戏票分前排、中排、后排，价格依次是一角、八分、五分。

祖父爱看京戏，每次必带上我。买的是中排，比起看，他更在乎的是听，总是半闭了眼，双手在大腿按着节拍，跟着台上的唱腔轻轻地哼。我基本听不出名堂，仗着人小，干脆溜到台前，我看的是热闹，尤其爱看武将捉对厮杀。

看多了上瘾。那时钞票紧，五分钱是大数，小孩子掏不出。祖父不看戏的时候，我试过巴着剧场西侧的门缝看，绕到南侧的后台看，最终，让我找到一个过瘾的法子：赶日场的幕尾。

彼时规矩，演到最后一幕，剧场提前敞开大门，任人随意涌进，谓之"拾大麦"（类似于在农田捡拾收割后遗落的麦穗）。

"大麦"拾多了，诸多戏，一提到戏名，我就知道结局。

某天，东邻蔡大伯看淮剧《白蛇传》，看到一半，外面有人找，他出来，特意把那张前排的戏票送给我（当场的票，中途可以换人观看）。事后，他向我追问，戏台上怎么表现水漫金山？白素贞向许仙讲明身世了吗？是不是他们的儿子考中状元后报的仇？

我很得意，别人看了开头往往不知结尾，而我，却因看多了结尾轻易就能推导出开头。

上天薄我，上天也厚我。

三

小孩子喜欢模仿。

读《封神演义》，雷震子在天上飞，学不来；土行孙在地里遁，也无法学；哪吒三头六臂，脚踏风火轮，手持乾坤圈，望尘莫及；杨戬三只眼，七十二变，更是望洋兴叹；唯有姜子牙渭水钓鱼，不用弯钩，用一根针，说是

"宁在直中取，不向曲中求"，这事好办。

端午节，私塾放假。柳树下，小河边，我手持钓竿，抛出钓线，线头系着一根大号缝衣针。口里默念："姜太公钓鱼，愿者上钩！姜太公钓鱼，愿者上钩！"

半晌，浮子一动不动。

闲着无事，翻开《封神演义》，"渭水文王聘子牙"，一字一句地琢磨，看到子牙劝勉樵夫武吉："古语有云：'将相本无种，男儿当自强。'"古语？不对呀！这话出自《神童诗》，作者是宋朝人，子牙是商朝人，商朝人不会引用宋朝人的话，哈哈！作家分明是胡编。

午后又坐去小河边，默念："姜太公钓鱼，愿者上钩！"浮子仍一动不动，倒是有一只钢蓝色的小蜻蜓落在上头，自得地梳理触须。瞧着无聊，索性收回视线，继续翻看《封神演义》，从头看，开篇讲纣王进香女娲宫，命人取文房四宝，题诗粉壁，我一拍大腿——吓飞了落在浮子上的蜻蜓——这是胡扯嘛，我已读了半本《幼学琼林》，晓得商朝没有毛笔，也没有纸，那么，哪来的文房四宝？作家尽在胡编。

私塾先生说："天下文章一大抄。"依小子看来，还可加上一句："天下文章一大编。"

四

祖父带我看过的京戏中,有一出《三顾茅庐》。小孩儿哪知前汉后汉,全仗祖父边看边讲:上场的三个人物,中间的叫刘备,皇帝的叔叔,人称刘皇叔;左边的叫关羽,紫红脸,垂胸胡;右边的叫张飞,黑花脸,暴脾气;手里拿的马鞭,代表马。他们仨,去卧龙岗请诸葛亮出山,帮助打天下。

头趟造访,诸葛亮外出,扑个空。

次趟,诸葛亮仍外出,又扑个空。

第三趟,诸葛亮在家,他被刘备诚心诚意的邀请打动,答应和他们一起干。

散场回家的路上,我问祖父:"诸葛亮那么大的本事,为什么不去帮曹操呢?"(祖父说过,三国魏蜀吴,曹操最强。)

祖父拈着白胡子,答:"那戏就不好看了。"

"怎么会不好看?"我说,"诸葛亮帮着曹操,轻轻松松就能灭掉吴国和蜀国,统一天下。"

"是啊。"祖父停下步子,摸摸我的头,"那样一来,就没了后面的'火烧新野''长坂坡''舌战群儒''群英会''借东风''火烧赤壁''三气周瑜'等大戏，也就少了台上的一波三折、回肠荡气。"

祖父举的那些戏，我尚未看过，自然没有感觉。祖父总结的道理，超出我的智力，也难分对错。但祖父讲的台上要一波三折、回肠荡气，却就此在记忆里生了根，想忘也忘不掉。

五

读《水浒传》，见下列熟悉的俚语村言：

鲁智深到庄前，倚了禅杖，与庄客打个问讯。庄客道："和尚，日晚来我庄上做甚的？"

宋江寻思道："这个人好作怪，却怎地只顾看我？"宋江亦不敢问他。

只见两个虞候和老都管气喘急急，也巴到冈子上松树下坐了喘气。

那妇人道："亏杀了这个干娘！我又是个没脚蟹，不是这个干娘，邻舍家谁肯来帮我！"

石秀道："嫂嫂，你休要硬诤，教你看个证见。"

读《西游记》，又见：

行者道:"如何为左你?"

形比哪吒更富胎。

汝等弓弩熟谙,兵器精通,奈我这口刀着实椰楝,不遂我意。

我这大圣部下的群猴,都是一般模样。你这嘴脸生得各样,相貌有些雷堆,定是别处来的妖魔。

吃了饭儿不挺尸,肚里没板脂。

读《红楼梦》,又见:

宝玉听说,便猴向凤姐身上立刻要牌。

凤姐才吃饭,见他们来了,便笑道:"好长腿子,快上来罢。"宝玉道:"我们偏了。"

等我回去回了太太,仔细捶你不捶你!

薛姨妈笑道:"老货,你只放心吃你的去……让你奶奶们去,也吃杯搪搪雪气。"

黛玉又喘成一处,说不上来,闭了眼。紫鹃道:"姑娘歪歪儿罢。"黛玉又摇摇头儿。

以上所举,是即刻临时整理的。记得小学四年级,有天晚上,在煤油灯下看《水浒传》,看着看着,情不自禁地笑出声。母亲问我笑什么。答:"书里好多话,活像镇里人的口气。"

真的,掩了书,那些人物仿佛走出来,状若王大,或是孙二,或是张三,或是李四。那时知识短浅,不省得"水浒""西游""红楼"的作者,俱是江苏人,笔下掺杂大量明代江淮官话,而以为是全国通用的标准语。

这一"以为",唉,害得我到老依然讲不好,更写不来地道的普通话。

六

《拍案惊奇》第一回"转运汉遇巧洞庭红,波斯胡指破鼉龙壳",说的是明朝苏州府,有一个文姓纨绔子弟,家业颇丰,怎奈他沉湎玩乐,坐吃山空,日子渐渐王小二过年——一年不如一年。瞧人家经商致富,心动,也照葫芦画瓢,试着做小生意。却是出手即亏,愈做愈亏。由是落了个诨名"倒运汉"。

穷愁潦倒,想找个地方散散心,赶着邻里有人贩货下南洋,他便随了去;无钱置货,权且象征性地买了一篓太湖洞庭山的红橘子。也是该他转运,抵达一个地方,当地居民竟从未见过橘子，讶为天国神品，纷纷出高价抢购。不啻天上掉下来的造化，让他一下子牟得千两白银。

临近返程，同伴忙着采购回头货，他初心不过是出海见见世面，解解愁肠，如今凭一篓三钱不值两钱卖的橘子爆获千金，已是剖鱼得珠——喜出望外，岂敢得陇望蜀，再作非分之想，因此，他啥货也没置办。

归途，天公不作美，一阵飓风，阻断航路，海船随浪颠簸，漂到一处荒无人烟的小岛。众人唉声叹气，谁也没兴致登岛游览。偏他来了邪劲，独自上岸，披荆斩棘，直探岛的腹心。在那儿，他发现了一只大似床板的龟壳。心血来潮，觉得这才是自己的货——既补了空手而归的缺憾，也是他日炫耀此番海外奇遇的佐证。

风停，海船继续扬帆，数日后，拢靠福建。当地一位波斯巨贾上船验货，一眼看中了文某携带的龟壳。波斯佬识得——唯有他识得——这是鼍龙升天前蜕下的壳，有二十四肋，每肋藏有一颗无价的夜明珠。经过一番老练而又不失公允的操作，他用五万两银子买下文某无意中拾得的"旅游纪念品"。

"倒运汉"就这样歪打正着地一夜暴富。

初读故事，约莫六七岁。书中宣扬，"一缘一会，都是上天作成"，"命若穷，掘着黄金化作铜；命若富，拾着白纸变成布",白纸黑字,信以为真。老来醒悟,那在暗中安排"一缘一会"的,并非冥冥的苍天,而是一只看不见的巨手:市场。

扁担那头的父亲

人说"有其父，必有其子"，那么，父亲身高一米八，我应该长到一米八五，甚至一米九，才对得起达尔文的进化论。遗憾啊遗憾，我最终仅蹿到一米七三，其余二兄一弟，还不如我，两个姐姐，更甭提了。

我为什么不能青出于蓝，后来居上？家人一致认为，首先是先天不足。母亲大人生得过于玲珑，也就一米五出头，正应了俗谚"爹矬矬一个，娘矬矬一窝"，我的一米七三已属侥天之幸，比上不足，比下有余。其次是后天营养匮乏，正在高速成长的当口，碰上了三年困难时期，饥肠辘辘，果腹成了头等难题，还长什么长。

父亲有顶礼帽，深灰色的，冠高而圆，顶部呈三角形凹陷，底部系以黑色缎带，帽檐宽大而略微翘起。听母亲讲是早先闯荡上海时置的,上海人讲究"行头",出客必须穿戴入时。我懂事后,偶见父亲戴过一次,是去兴化出席二哥婚礼时。其余日子,礼帽一直放在纸盒里,纸盒搁在竹棚上。说不清从哪一天起,我萌生了一个大胆的宏愿:将来,这顶礼帽归我。

将来是什么时候?喏,就是等我长得和父亲一样高时。小学期间,我曾无数次偷着试戴,那礼帽拿在手里,温如玉,软如绒,阔绰而又帅气。"马中赤兔,人中吕布"——吕布若生在今天,恐怕也要弃了紫金冠,改戴大礼帽吧,如此才前卫、拉风。唉唉,可惜帽冠太大,我的脑瓜又太小,往头上一套,帽檐一直滑溜到眼睛,禁不住想起成语"沐猴而冠"。没关系,我还小,有的是长高长壮的机会。

到了高三,悲哉,我的身高早已在不知不觉中定格,再次试戴,仍然嫌大。散场敲锣——没戏了。从此只能仰望父亲高大的背影兴叹,那顶礼帽或许在竹棚上窃笑,是的,它属于魁梧,属于伟岸。

小时候,没人说我长得像父亲。除了身高不及,脸型也不像,父亲的脸明显偏长,我的近似于圆;五官也不像,父亲的线条是儒家的,外柔而内刚,我的线条却是刚的,更准确地说,是粗糙的;脾性也不像,父亲诙谐、幽默,我则木讷、无趣。

夏日晚间,一帮小孩捉迷藏,玩得兴起,夜深了也不归宿。这时,各家大人就会出来找。找着了,还赖着,不肯回,大人出手就打:"让你疯!让你疯!"父亲也会出来找我,他号准我的脉,料定我会往哪儿躲,一下子就找个正着。见了面,老远扬起右手,作狠抽狠揍状。我晓得,那是唱戏的胡子——假生气,父亲的巴掌不会落下,吓唬而已。父亲从来没有打过我,也没有打过弟弟。

父亲在家里,从来不发脾气;对外人,更是笑颜相对。四弟元气足,疯劲大,拳头硬,诨名"四乱子",与小朋友玩耍,常常话不投机就"看家伙"。那些吃了眼前亏的孩子哭哭啼啼回家找大人诉苦,有的家长就找上门来,向我父亲告状。父亲总是千赔礼,万道歉,答应等"四乱子"回来,好生收拾收拾。四弟察知有人告状,蹑手蹑脚踅回,躲在屋角,等着挨训。然而父亲视若无睹,仿佛啥事也没有发生。

是出尔反尔、自食其言吗?非也。父亲对邻里关系是看得很重的,"行要好伴,住要好邻""恼个邻居瞎只眼"是他的口头禅。事后见了那曾被四弟欺负的小朋友,他总会摸摸头,拍拍肩,好言抚慰。父亲对四弟的"劣行"睁一只眼,闭一只眼,并非放任自流,而是"知子莫若父",他晓得四弟只是顽童意气,争强好胜,骨子里还是个仁义的孩子,知羞耻,识好歹——父亲有句挂在嘴边的话,"牛大自耕田",因此,对一时过错无须责打,重在以身作则,言传身教。果然,四弟上学后,各方面表现皆优。

父亲常讲,为人处世,宰相肚里能撑船,小肚鸡肠成不了大事。他跟我讲过两个故事,特别强调,是祖上传下来的。

其一,"秦穆饮盗马"。秦穆公丢了一匹马,派负责养马的官员去找。官员回报:"马儿已经被三百多个农夫杀了分吃,我把这帮不知好歹的家伙统统抓了来,国君您看如何处治?"秦穆公说:"别,别,哪儿能因为一匹马,就把这么多百姓都抓起来呢?我听说马肉不是寻常食物,吃它时必须喝点儿酒,否则会伤肠胃。赶紧给每人都喝点儿酒吧,然后放他们回家。"三年后,秦国与晋国爆发战争。秦穆公被围,身负重伤。节骨眼上,那三百多个农夫赶了来,舍命将秦穆公救出。

其二,"楚客报绝缨"。楚庄王打了胜仗,大宴群臣。由昼达夜,点烛狂欢,并令爱妃许姬给众人敬酒。许姬来到某一桌时,恰值风吹烛灭,黑暗中有人趁机拽了一下她的衣袖。许姬不是好惹的,她把对方的帽缨扯断,以此作为罪证,请求楚庄王查处。楚庄王焉能和妃子一般见识,他当机立断,提高嗓音,宣布:"诸位都把帽缨摘下来,以尽今日之狂欢!"蜡烛重新点燃,因为大家都摘了帽缨,那个趁暗非礼的家伙得以逃过一劫。七年后,楚庄王率军攻打郑国,不料被郑国的伏兵包围,陷入绝境。千钧一发之际,楚军副将唐狡单枪匹马冲入重围,救出了楚庄王。事后,楚庄王重赏唐狡,唐狡辞谢,说:"那年,在宴席上对许姬非礼的,正是微臣,蒙主公不杀之恩,是以今日舍身相报。"楚庄王听罢感慨万千。

这两个故事,令我想到祖父的待人接物,原来这是"家学"。

竹棚上,在礼帽盒的旁边,还搁着一根扁担。这也是文物级的古董,串联着父亲前半生的许多故事。父亲说,这扁担是曾祖父留下的,祖父用过,他去上海打工,在码头上装货卸货,用的也是它。船与码头之间,搭着一尺宽的跳板,挑着担子走在上面,没经验的,腿会发抖,一不小心,就会栽下河。经验从哪里来?练呀。巷子里放几条长板凳,连在一起,权当跳板,徒手走,挑着担子走,闭了眼睛走,练腿劲,练胆量。胆量非常重要,搁在地上的跳板,谁都不怕;抬高三尺,有人发慌;抬高一丈,多数人头晕。杂技演员能在空中走钢丝,这都是练出来的。

一九六四年，我去北京念大学，上学时因直言贾祸，陷入困境。我惶惑，写信给父亲，说不想念书了，干脆回家种田。父亲回信："人都有七灾八难，捆起来经住打，牙打碎了往肚子里咽，挺一挺就过去了。大丈夫要能伸能屈，一根扁担能睡三个人，天无绝人之路。"

"一根扁担能睡三个人"，这句话给了我力量。我后来遇到过更大的苦境、逆境，也都是凭了这种信念，咬牙度过。

晚岁揽镜，发现我和父亲竟然有几分相像，而且是愈老愈挂相。当初为什么觉得不像呢？这是因为，那时我面对的是父亲的不惑之年或天命之秋，以我之稚嫩，去比照岁月的沧桑，当然是合不上辙的。如今我已迈入耄耋，五官逐渐向父亲趋同，总归是基因相承，血浓于水，繁华落尽，露了本色。

偶尔玄想，岁月是一根长长的扁担，父亲在那头，我在这头。

因为他们，我考上北大

当年知道北大，不是因为北大出名，而是由于我就读的中学出了个孙开秦。

孙开秦高我四级，一九五七年秋，我读初一，他读高二。印象中，孙能言善辩，口才好，文采好。听过他在大礼堂的一个报告，关于本县的历史和现状调查，风流倜傥之至，身处小镇，见不到大家，他就是我心目中的大家。

一九五九年，我校有了第一届高中毕业生，两人考上北大：孙开秦，历史系；冯国瑞，哲学系。孙和我是街坊，相隔仅百米，家里是开磨坊的。

我停学一年，刚刚复学，听说孙开秦考上了北大，这才晓得，北京有个北京大学，并且是中国最高学府。

一九六〇年暑假，孙开秦回来，在老闸口的小桥上与高班学生侃大山。那时风华正茂，正是指点江山、激扬文字的好当口。我记得他说了一句话：合德这地方，很不赖，小桥流水，地灵人杰，搁在全国县城一级，也是数得上的。

一九六三年，我们中学又有一人考上北大。周古廉，经济系。我俩小学同班，考初中时，他落榜，到民办中学读了三年，高中又考回来。周家是弹棉花的，兼带出租古典章回小说。生意人家手头相对宽裕，周古廉每天骑车上学，风驰电掣，风度翩翩。

是年寒假，他带给我几份北大学报，使我眼界大开，考北大的信念更为坚定。

我起意考北大，是在高一。学校作文竞赛，我获得高一年级的第一名。奖品，是一本书，张葆莘的《眼睛的故事》。

人生有很多偶然，很多偶然的结合就定向了人生。高一分甲乙丙丁四班，甲乙两班学俄语，丙丁两班学英语。我起先分在丁班，学英语，没过两周，学校又重新分配，把我调到乙班，考虑我初中读的是俄语。其实，我初一时还没开外语课，停学一年，复学插入下一班，初二乙，增加了俄语，因为中考不考俄语，所以我根本未学，混过来的。到高一乙班，也是从头开始。

有失。英语日后大有用场，倘若我高中学的是英语，此生绝对是另一种走向。

也有得。高中英语老师是老派留洋生，满肚子学问，但属于茶壶里的饺子，倒不出——他不擅教学，因此，高考时英语普遍拉分，拖后腿，我若留在英语班，恐怕很难考上北大（一九六四届有四人考上北大，一九六五届又有两人，都是俄语班的）。

不得不感谢俄语老师黄嘉仁，他的教学水平是一流的，学生的成绩就是证明。改革开放后，人才流动，他干脆调回老家启东，当广电局局长去了。

总归是个干才。

当然，还要感谢语文老师丁瑛、纪锡生。丁瑛老师很喜欢我，他给我的作文分数总是最高的。也曾经敲打过我，一次语文课上，讲解"自命不凡"一词，顺口举例："卞毓方就自命不凡。"

我不是自命不凡，我只是有自己的想法。

纪锡生老师是苏南人，他告诉我，他当年一心想考北大，高考过后信心满满，在北京哥哥家里度假，谁知通知下来，是南京师范学院——他很失落，一个人骑单车去颐和园，自哀自叹了大半天。纪老师的强项是古文，两年受教，获益匪浅。除此之外，纪老师还对我过分膨胀的诗情进行了敲打,我常常压制不住地把记叙文当作诗来写,即使看起来像是记叙文,实际是没有分行的诗。班上有几位同学也学我。纪老师一再警告,这习惯要改,高考只考记叙文或议论文。

还有一个要特别提出的,是县图书馆管理员徐玉婵。当时,凭借书证每次只能借一本,先在柜台外翻图书卡片,确定要借的书,写在纸上,让管理员帮助找。徐女士对我特殊待遇,每次让我进馆随便浏览,想借多少本就借多少本。

大恩难言谢。我退休后回老家寻访她,世事沧桑,竟无人知其下落。屡经曲折,在前辈校友、书法大家臧科先生的帮忙下,终于和她在盐城见了面。

对此,臧科先生曾有文详叙——

  近年来,作家卞毓方先生怀旧日盛,返乡的频率有所增高……二十世纪九十年代初,我们走近了。交往中,体察他为人的从容与平和,非但没有亮出大腕的架势,言谈中流露出一种深沉、本色的爱。有时又会抛出"寻人启事",托我相助,而最让他投注心力的是在中学读书时图书馆的一位女士,常为他大开方便之门,满足他嗜书如命的读书欲……我深感他是性情中人。他为寻见故人，费尽不少周折，到了无果无望，转而求助于我，那心情简直像是"寻亲"，是失散多年的兄弟姐妹，我在动情与感佩中受命。不负所望，权以老文化人的优势，很快获得结果。他想找的人已退休，和我同住一城，更为奇巧的是毓方君下榻在盐阜宾馆，而这位徐女士居宅竟在宾馆墙外，近在咫尺，想象中的遥远，一下呈现在眼前。毓方先生惊喜之下，竟冒着一天的大雨，立马去见他心目中的"恩人"。带着浑身的雨水，敲门入室的刹那，他见到这位两鬓染霜的老人，眼睛立刻湿润了……

大爱无言。

五十余年的思念，只能归纳为这四个字：大爱无言。

雨染未名湖

雨，苍茫了塔影；雨，迷离了湖光；雨，虚虚幻幻恍恍惚惚了湖心的小岛；雨偏多情，不多情就不会如此突发而至；雨自写意，不写意就不会这般兴会淋漓。

雨打着西南岸的山坡，山坡上的蓊蓊郁郁，蓊蓊郁郁环绕的六角钟亭，显得甜甜蜜蜜，亲亲切切，爽爽朗朗，雨听着如唐诗，如宋词，如鸥鸟嬉飞在浪尖，春风逗笑在草原。

钟亭里坐着一老一少，年长的，是燕园著名的经济学教授；年少的，是来自江南的一位自学成才的残疾青年。青年渴望拜见教授，托我帮助联络。长辈垂爱后生，因而就有了今天这番不拘一格的户外会见。以天地为客厅，以湖光塔影为屏风，这的确很浪漫，也很古典。

不期遇上了雨，于是避到这钟亭里来。教授打量着青年的一条义肢，目光充满了怜爱，不，毋宁说赞扬。教授说，以你这样的身体条件，能跑，能跳，能把生意做得红红火火，尤其是，还坚持研究经济理论，很不简单。你送来的论文，我都看了，功底扎实，立论新颖，颇有创见。说实话，我还想让你跟我的研究生座谈座谈，他们就缺少你这种实际生活的营养。

青年含笑望着教授，胸腔滚过一股热浪，刹那间泄过千言万语，他本来有一副健全的体魄，也应有一个平坦的前程。但是，一场意外的交通事故毁了他的健康，也改变了他的人生。残疾之路的曲折、艰辛，难以向常人叙述。在那些痛苦、彷徨的日子里，他偶尔从一篇报道得知，教授当初也是自学成才。从此，教授的学问和形象，就成了他心头的一支火炬。多少年了，他渴望能见一见教授，当面聆听他的教导，并奉上自己的感谢，没想到今天终于美梦成真。梦圆了，反而又觉得迷茫，太多的欢喜，淹没了太多的话，一时竟手足无措，说话也结结巴巴。

教授忽然操起青年家乡的方言，给谈话注入神韵。原来，教授五十多年前曾在青年所在的那个地区读过初中，说来也真叫有缘。我记起来了，教授不久就失学回了原籍，也教过小学，也打过短工，而后就闯荡到上海，而后又赴欧洲留学。时空一衔接，精神一对应，青年的拘谨很快便消失了，钟亭里转瞬飞扬起一派吴侬软语。

大概是为了讨论方便，吴语间不时又夹杂起英语，并伴之以比比画画，说不清是教授在给青年指导，还是青年在向教授汇报。这一老一少显然已经找到了感觉，渐入忘形。——我忽然想到经典意义上的"开门办学"，想到脚下这块土地雄阔的社会张力和文化蕴涵。

就让他们尽兴畅谈吧。片刻，趁雨脚稍疏，我悄悄离开钟亭，沿未名湖南岸漫游。雨，轻拂着蔡元培的铜像。这是一位被毛泽东誉为"学界泰斗，人世楷模"的人物，他的名字维系着北大的历史，维系着陈独秀、李大钊、鲁迅、胡适等一大批新文化运动的健将。雨，膜拜着埃德加·斯诺的陵墓。斯诺曾从这儿出发，奔赴延安，留下了那部永不褪色的《红星照耀中国》。雨，亲昵着塞万提斯塑像的披风。这位西班牙的文学骑士，从他创作的《堂吉诃德》的封面上走来，从马德里市民众的跨国情谊中走来。雨……

雨染未名湖，这是精神的雨，文化的雨，从一部中国近代教育史，不，世界近代教育史的扉页间飘洒而下，激灵着遍地的芳菲。

煮雪烹茶之忆

曾经读过林清玄的一篇《煮雪》，说北极的人因为天寒地冻，一开口说话就结成冰，对方听不见，只好回家慢慢地烤来听。这故事美，美的情感带有侵略性，面对锅内咝咝作响的融雪，我也变得神经质起来——恍惚间，在炉火之上，在水蒸气之上，我看到阳光，看到多情多热力的东莞的阳光，正在袅袅地升腾，盘旋。

那阳光对于此刻的我未免太豪华、太挥霍，眯上眼，一个愣神，老先生乘虚而入——阎纲。应是我乘虚而入，闯入老先生的一篇随笔《我的邻居吴冠中》。年来我因写作《寻找大师》，寻踪寻到了吴冠中，恰巧在东莞期间，又读到了阎先生的大作，觉得他一篇短文引发的感情海啸，超过了我既往掌握的素材的总和。譬如，他在文章中披露："更令人吃惊的是，吴老大清早买煎饼吃过后，同夫人坐在楼下草坪边的洋灰台上，打开包，取出精致的印章，有好几枚，磨呀磨，老两口一起磨。卖煎饼的妇女走过去问他：'你这是做什么？'他说：'把我的名字磨掉。''这么好的东西你磨它……'他说：'不画了，用不着了，谁也别想拿去乱盖。'"阎纲先生感叹："多么珍贵的文物啊，为了防范赝品行世，吴冠中破釜沉舟。"

又一愣神，阎纲先生身后站出杨匡满。高高挑挑本应去打排球，却斯斯文文尽显书生本色。杨先生著述等身，我独钟情《季羡林：为了下一个早晨》。二〇〇六年，我撰写《季羡林：清华其神，北大其魂》，写到一九七八年至一九八四年，季羡林在北大副校长的任上，长长的五年，干了些什么。空白。在我的笔记本里、大脑里，一片空空如也。抓耳挠腮之际，查到杨先生的文章，犹如瞌睡了有人给送上枕头。我大胆当了一回文抄公，抄了将近两千字。书内，读者看到的是季副校长的五年辛劳；书外，我看到的是杨先生温文尔雅的笑。

雪化了，水开了，我沏了一杯茶，黄山茶。黄山茶使我想起严阵先生。其实严先生是山东人，闯入我生活的时候，他是在安徽任职。那时我在北大读大一，他是一路飘红、如日中天的青年诗魁。我购下他的第一本诗集，叫

《竹茅》，我尝试用他的"竹矛"冲锋陷阵、攻城拔寨，直到若干年后准心校正，目标由有韵的诗词改为无韵的"离骚"。此后，二十世纪八十年代，机缘凑巧，我得以编发他的一篇纪实文学，是关于煤矿工人的。再后来，二十世纪九十年代，惊讶于他已移情丹青。这次东莞会晤，堪谓三生有幸。

见贤思齐，我搁下茶杯，转身拿起画笔，案与纸与墨，是现成的。画什么呢？就画窗外的雪。一阵横涂竖抹之后，思维又跳向了张同吾。不对，张同吾之前，分明还想到周明。只是和周公太熟了，熟视而无睹，无需特别回忆，而张同吾不同，我俩是初次见面。其实早就神交，因为欧阳中石。我为欧阳先生作传，遍寻他在通县教书时的知情人，张先生正是这样的角色。一个电话打过去，不在；两个电话打过去，忙，忙着在外地张罗诗坛盛事（他是中国诗歌学会秘书长）。于是就等，这一等就到了不期然相聚在东莞。十天之缘，我确认张先生绝顶聪明——莫误会，这和葛优的光头调侃无关——他写得一手好字，打得一手好乒乓球，不愧是欧阳中石的密友；口才之外，交际、组织才能之外，更写得一手妙文，亦庄亦谐，卓尔不群。

茶凉了，再换上一杯。下笔，鬼使神差，竟画了一幅

《十五的月亮》。什么意思呢？是我想唱，不，是我心里在哼，"十五的月亮，升上了天空哟，为什么旁边没有云彩，我等待着美丽的姑娘哟，你为什么还不到来哟……"歌声飘走我的少年，歌声飘走我的青年，然后又闯入我的中年、老年。啊，猛地一悸，我已进入了老年，我辈俱已进入了老年。"元知造物心肠别，老却英雄似等闲。"而歌声仍然悠扬，自在悠扬，忘情悠扬。这要感谢玛拉沁夫，是他在生命八九点钟的节骨眼儿上创作了这首歌词。此番，我们随他一起玩在东莞，乐在东莞，梦在东莞，"作家各自一风流"。

抬头，突然感觉房间分外亮堂，阳光，是从窗外射进来的阳光。啊，太阳出来了！眼前的太阳，记忆中的太阳，白灿灿、明晃晃地叠印在一起。毕竟，此日轮不同于彼日轮，岁月如四季嬗变，往事如舞台换幕，心绪如白云翻卷。景不留客，客不留步，步不留影。唯有，唯有萍水相逢之际的真情，似冰包雪裹的童话，值得用细火慢慢烤来听。

从《诗经·秦风》里，拎出一个"我"

这不是定论，只是有此一说：

时在西周，地在西汉水上游的河谷，一位商代东夷嬴氏的遗民骑在马上，马不是一匹、两匹，而是一大群，随着他在山坡上吃草。忽然，他从马背跃下，跪地，双手捧着一叶马儿惯嚼的肥草，仿佛生平头一遭发现，但见他双唇半卷，舌尖微挑，缓缓吐出一个字"qín"。

声音随风飘散，落入下方一位妇人的耳里，她停止采薇，扬声问："你在说什么？"

"我说的是这草，"他拔起一株，"我叫它qín。"

"好哩！"妇人满心欢喜，又认识了一个新的名字。

从此落地生根——因这男子命名，得这妇人点赞，为这部落传播。有甲骨文为证：qín写作"𥝩"，分明一幅双手持杵的舂谷图。

据《史记·秦本纪》叙述，秦的祖先可以追溯到三皇五帝之一的颛顼，原本活跃在东部沿海，以"玄鸟"为图腾。舜时，族人有个叫大费的，因襄助大禹治水有功，获姓为嬴。有商一代，多人跻身诸侯。嗣后武王发动牧野大战，翦灭商纣，建立周朝，嬴族遂成覆巢之卵，被剥夺姓氏，贬为奴隶，逐出东土，迁徙西陲。

当代学者雒江生考证，"秦"字本义是一种草，俗名"草谷"。先嬴难民在新安家的陇右之地，凭着祖传的驯马技巧以及与戎狄相处中习得的杂交技术，养出了大批膘肥体健的骏马。此举为周孝王看中——当时的重型武器乃是战车，战马是其核心装备——他着眼于军事装备的现代化，断然废除畴昔的惩罚，起用这批败寇的后代，恢复嬴姓，封为附庸，专司牧马——封地以草名，是为"秦嬴"。

以下也是一说，但绝非空穴来风：

秦嬴，因其壤接西域，伴随与西部游牧民族的长期争逐以及草创的丝绸之路，声名翻山越岭，抵达南亚的天竺，落地生根，融入当地的梵语。而后，搭着梵语的翅膀，飞到中亚的波斯。又打着旋儿，旋入欧罗巴。

终于，在公元13世纪，惊动了意大利的旅行家马可·波罗，他为远方蒙着神秘面纱的"秦"吸引，不远万里，来访中国，写出了让西方冒险家们惊爆眼珠子的《东方见闻录》（即《马可·波罗行纪》）。

在天水（古之秦州）数日盘桓，我对秦的认知，更大程度上是来自《诗经·秦风》。

例如《蒹葭》："蒹葭苍苍，白露为霜。所谓伊人，在水一方。溯洄从之，道阻且长。溯游从之，宛在水中央。蒹葭萋萋，白露未晞。所谓伊人，在水之湄。溯洄从之，道阻且跻。溯游从之，宛在水中坻……"有人解释，这是情诗，旨在思慕恋人；有人认为，这是讽喻，讥国君未能礼贤，致使高士隐遁；也有人指出，这是自况，作者本身就是隐士，赋诗明志。我却宁愿相信，诗人抒发的是对故都故园的怀念。

比起《周南·关雎》中"关关雎鸠，在河之洲。窈窕淑女，君子好逑"的男欢女爱，此诗更为情深意笃；比起《小雅·采薇》中"昔我往矣，杨柳依依。今我来思，雨雪霏霏"的戍卒返乡之叹，此诗更令人扼腕。诗的焦点是"在水一方"，方是方位，大体，大略，并未确指何处，总是，永远是，瞻之在前，忽焉在后，譬如神女，"髣髴兮若轻云之蔽月，飘飖兮若流风之回雪"，又譬如神龙，见首不见尾，"伊人"始终若即若离，宛在水中央，宛在水中坻……愈是"上穷碧落下黄泉"地遍寻不着，愈能激发更热烈、更渴切的企盼追求。不管作者最初出于何种动机，当诗流传开去，腾于众口，引发共鸣，蔚为秦风，就已离他而去，属于整个社会。因此，假设"伊人"为殷商遗民魂牵梦萦的家园，为他们被褫夺的族徽族号，窃以为更加剀切，更能自圆其说，也更易悠然神会！尽管"身无彩凤双飞翼"，李商隐解得透辟，毕竟"心有灵犀一点通"。难怪王国维要说："《诗·蒹葭》一篇，最得风人深致。"也难怪——这回是我说——屈子之言，"亦余心之所善兮，虽九死其犹未悔"，实乃《蒹葭》一诗的完美笺注。

例如《无衣》："岂曰无衣？与子同袍。王于兴师，修我戈矛。与子同仇！岂曰无衣？与子同泽。王于兴师，修我矛戟。与子偕作！岂曰无衣？与子同裳。王于兴师，修我甲兵。与子偕行！"主题是打仗。跟谁打？秦人落脚陇右，四周被犬戎环伺，长年跟剽掠成性、来去如风的马背上的对手厮杀，既是生存、生活的头等大事，也是周王室的精心布局：看似将这个昔日敌对者的部落放逐到西部边疆，实则是逐而不放，让他们成为阻挡戎狄侵犯关中的第一道人肉屏障。

置之死地，不，置之夹缝而求生存。国君发出动员令，又一场血战即将展开。《无衣》是一首民谣，也是一篇誓词。主角设定甲和乙，甲大概率家境殷实，乙则为贫者，贫到什么程度？置不起周王室规定的统一战装。大约在冬季，陇右苦寒，没有长袍，没有内衣，没有战裙，光凭忠诚和勇敢，是很难坚持长久的。甲看在眼里，出言抚慰：兄弟！甭担心，我有，你就有；我的就是你的。我俩手挽手，肩并肩，同仇敌忾，同袍共泽。

秦人尚武——多半是被处境逼出来的，试想，既已贬黜为奴、发配异乡在前，又值经年累月与狼共舞、与虎谋皮在后，焉能不由血脉骨髓深处滋生出狼性虎道？秦人正是在这样的逆境中锻炼出日后的虎狼之师。然而，《无衣》通篇没有张扬"旌蔽日兮敌若云，矢交坠兮士争先"的一往无前，也没有渲染"身既死兮神以灵，子魂魄兮为鬼雄"的可歌可泣，就这么寥寥数语，简单，直白，不是战歌，胜似战歌。最撼人心魄的力作，往往也最朴实无华。但正是这种不动声色、如话家常的互助友爱、肝胆相照，酝酿出未来"奋六世之余烈，振长策而御宇内"的霹雳霸气。乃至千载后，清人陈继揆一读之下，依然五内震动，怒赞"开口便有吞吐六国之气，其笔锋凌厉，亦正如岳将军直捣黄龙"。

诗三百，秦风仅占其十。秦风十首，我独钟《蒹葭》

第一辑 在人间种蔷薇 | 055

和《无衣》。若问另外八首,自然各有千秋,限于篇幅,不一一赘述。若非要说几句,嗯,好吧,且容我别出机杼,从其余的篇什里拎出一个"我"。

"我"是什么?在商代,"我"是一柄锯齿状的巨型兵器,斩伐、威权的象征。到了《诗经》的时代,"我"却摇身一变,成了第一人称的"施身自谓"。以《秦风》为例:言念君子,温其如玉。在其板屋,乱我心曲。(《小戎》)未见君子,忧心钦钦。如何如何,忘我实多!(《晨风》)彼苍者天,歼我良人。如可赎兮,人百其身。(《黄鸟》)

瞧,在这里,我就是自己,自己就是我。可见,"我"的出身是多么炳炳烺烺、铿铿锵锵!

这是名副其实的夺胎换骨,点铁成金;是文字领域、意识形态世界的一场革命。

啊,《诗经·秦风》!

啊,我!

啊,我们!

啊,我堂堂中华民族!

自古就是龙骧虎视的高迈存在。

历书上的英雄豪杰

小时候,家里每年都要买四册皇历,祖父、父亲、大哥,一人一册,剩下的一册,备用,以防谁的损毁或丢失。既然大人备而不用,放着也是放着,我就拿来作我的历书。

大人的皇历,会加上批注,诸如祭祀、嫁娶、出行、动土,诸如吉、凶、宜、忌。我的皇历,我别出心裁,在每个日子下面,填上一位我喜爱的人物。

人物从哪儿来?

洋画片。那是那时代少年的最爱,每个人都有大把大把,素材取自《封神演义》《西游记》《三国演义》《水浒传》《红楼梦》《杨家将》《白蛇传》,等等。我从中选出三百六十五张,一式英雄豪杰——日子就此精彩而梦幻。

某天早晨，我打开历书，适逢武松轮值。武松景阳冈打虎，这场面，我画过。大虫三技：一扑，一掀，一剪。武松三快：一闪，一躲，又一闪。武松抡起哨棒，劈将下去，却打在了枯树上，把哨棒折做两截。大虫咆哮，翻身又一扑，武松疾速跳开，大虫恰好把两只前爪搭在武松面前，武松就势把大虫顶花皮揪住，提起铁锤般大小的拳头，狠劲擂，擂得五六十拳，大虫早一命呜呼。我把那张武松打虎的画片，搁进上衣口袋。出门上学，有意不走大街，绕行田间小路。遇到沟坎，纵身飞跃，设想武松就是这般跳。遇到拦道的歪脖子树，挥臂一砍，思量哨棒就是这般劈。课堂上腰杆挺得笔直，目不旁视，壮士自有壮士的坐相。课间玩"斗鸡"，我师法武松，先闪，继躲，再闪，避其锋芒，然后伺机猛攻，几位人高马大的同学，俱在我武二郎的铜腿铁膝前败下阵来。

武松有灵，一定会在画片上笑出声。

又一日，轮值的是姜子牙，这是我心目中天神级的人物。我读过《封神演义》，熟悉他的全部故事，原本在昆仑山修行，因其凡心未尽，元始天尊派他下山辅佐周王伐商，并赐予封神的特权。封神，这差事太美了！我背着书包上学，沿途走过陈家、彭家、郭家、李家，总不由自主地朝人家门里望上一眼，我晓得，这几家堂屋门楣贴着"姜太公在此，百无禁忌"，那横条，是我大哥写的。

　　前天作文课，老师出的题目是"我的理想"，有人写当工程师，有人写当解放军，有人写当白衣天使，更多的人是写当拖拉机手，建设社会主义新农村。我的理想像天边的那堆浮云，飘忽不定，前天那么想，昨天改过来，此刻又变了。那一天，你若问我的理想是什么，那就是学姜子牙，登台封神。姜子牙封的是死了的人，我封的是活着的人。比如，右边屋里那位裁缝师傅，你看到了吗，他在靠门口的地方摆了个连环画书摊，规定看一册一分钱。有一晚，耿大乱子看了四五册，只交了一分钱，他瞧在眼里，啥也没说。也是那晚，我看上了刘继卣、程十发的画风，想把前者的《鸡毛信》《东郭先生》，后者的《画皮》借回家临摹。一掏口袋，傻了，仅剩下几分钱，不够交押金。我的困窘一定写在脸上，他看出来了，直接说："拿回去看吧。"我说："登个记，留个名字。"他手一摆："不用，你们这帮学生，我每个都有数。"所以，我封他为"善解人意神"。你再看，前面那家药房，对，就是那个站柜台的店员，人瘦瘦高高，清清爽爽。他呀，每天凌晨，赶在各家各户开门之前，总要把周围半里长的街道，打扫得干干净净。没人分派他，完全是自觉自愿。如果能请他当校外辅导员，我第一个赞成，只担心他是否忙得过来。所以，我封他为"无私奉献神"。且慢，后边有人喊我，哦，是刘蜀吾，同班的。这家伙大大咧咧，嘻嘻哈哈，星期天陪我踢毽子，赢了开心，输了也开心，从没见他有过懊恼，有过不如意，我封他为"快乐神"。

最得意的，是碰上孙悟空孙大圣值日。我刚好属猴，我读《西游记》，巴不得化作花果山水帘洞的一只猕猴，好跟大圣学习十八般武艺。孙大圣大闹天宫，一举奠定了他响彻三界的威名。我嘛，今天也要学他大闹课堂——不是舞枪弄棒，破坏秩序，而是心猿意马，神游天外。老师讲语文，我在课本上画猴子，画了一幅又一幅，画够了，又在两个拇指肚上画真假美猴王，在其余八个指肚上画妖魔鬼怪，让他们轮番捉对厮打。玩厌了，我开始琢磨，怎样说服文娱委员，让班里排一出《三打白骨精》，我扮孙悟空。

当日被我内定扮演唐僧的，叫周古廉。他家是弹棉花的，兼营出租古典章回小说。他身上有股侠义之气，我那一阵子的许多读物，如《隋唐演义》《施公案》《三侠五义》《七剑十三侠》，都是由他慷慨提供的。当然啦，选他扮唐僧，不是投桃报李，而是因为他长相端正，嗓子也洪亮。后来，周古廉进了北大经济系，我们在燕园相逢。记得那年春节，跟他说起小学课堂上的即兴构想，周古廉摇头："你的性格不像孙悟空。"我承认他说得对，我向来是逍遥派，比猪八戒还"无能"，比沙和尚还"悟净"，哪里有半点"斗战胜佛"的影子？

如今回忆起历书上的那些英雄豪杰，仍觉得弥足珍贵。佛说三千大千世界，其实，在每一个世界，也存在着三千大千时光。毕竟，我与那些英雄豪杰有过亲密的互动——每一天，从早到晚，我活跃在他们的时光里，他们也活跃在我的时光里。

第二辑

解构彩虹的经纬

山中天籁

　　山当中,身材最为高大骨骼最为粗犷的,绝对是石头山。那些形容山的词语,随便抓上一把,比如什么嵯峨、峻峭、奇峰罗列、怪石嶙峋、重峦叠嶂等,望文生义,一目了然,都是缘于石族的。

　　诗人说:"山,刺破青天锷未残。"这是何等凌虚摩霄!你仰起头,眯缝了眼,左看,右看,上看,下看——但是呢,如果整座山都是奇岩怪石,光秃秃的,寸草不生,峥嵘是峥嵘了,崇赫是崇赫了,看久,看累,难免感觉逼人的压迫,刺目的蛮荒。这就需要绿。

　　绿色是一种保护色,对于眼眸,它能吸收大量的紫外线,耗散炫目的耀光。造物于是在山坡上布满植物,蒙茸的草,翁蔚的树,郁郁葱葱,莽莽苍苍。人望上去,一派浓绿、深翠或浅碧、嫩青，心头油然而生春意，溢满愉悦。

问题是，漫山漫坡都是绿、绿、绿，景色未免单调乏味——人心是最难餍足的啊！造物有情，令旗一展，在高海拔的部位，撤去绿绒地毯，露出史前的不毛巨石，犹如书法中的飞白，绘画中的留白，使绿色与灰白、黛褐、赤红相间，形成冷色与暖色搭配，阴柔与阳刚互济。

这下好了吧？不，游人千里万里到此，面对绿海绿涛里突兀的峰巅坡脊，欣赏之余又略感遗憾……遗憾什么？你尚未开口，眉心微蹙，造物已然心领神会，但见巨手一挥，由山头向下蔓延，举凡有缝隙有裂罅处，皆狂欢般蹿起一蓬又一蓬不规则的小草小花，缀之以孤高自傲的虬松蟠柏，旁及不登大雅之堂的藤葛苔藓……刻板僵硬如太古的石颜，顿时掀髯莞尔，扬眉吟哦，翩然出尘——活了！活脱脱的点石成精！

难怪诗人与青山"相看两不厌"！难怪画家要"搜尽奇峰打草稿"！却原来，宇宙的生命精神，第一即是美学。

这里说的是一座山峰。如果是两座、三座、若干座呢，又得讲究个前拥后簇，高矮参差，错而得位，乱而存序。"横看成岭侧成峰，远近高低各不同。"哈，一座美不胜收的大山就这样横空出世，笑傲人寰。

树枝头，一只鸟儿飞过，无声，有影。你等待蝉噪，等待鸟鸣。蝉未噪，是心弦在撩拨；鸟未鸣，是诗情在发酵。记起南梁诗人王籍的名句："蝉噪林逾静，鸟鸣山更幽。"好个"林逾静"，好个"山更幽"，王籍生平不得志，事迹湮没无闻，却因了这两句诗——就两句，数来数去只有十个字！——开宗立派，引领风骚，名驻诗史。真是一字千金、一本万利。说到底，好诗也如同好山，不愁无人激赏。

远远的一朵闲云飞来。到得跟前，瞬间扩散成雾，幻化弥漫，蒸腾涌动，遮去眼前的石径、林莽、幽潭，山腰的云梯、峭壁、亭阁，只露出若浮若沉的峰尖，如岛，如鲸，如山寨版的海市蜃楼。美有千娇百媚，美亦有千奇百怪，雾为上苍的道具，一半的美都从云雾中来。

恍惚间有一粒雨，落在额头。愕然间，又一粒雨，一粒，巧巧落在唇边。我笑了：是云在行雨。云也笑了，从缝隙送过来一束阳光，金晃晃的，耀得眼睛睁不开。我赶紧戴上墨镜，再抬头，阳光也笑了。我分明看到一影彩虹，恍若"美的惊叹号"。

雾渐渐散去，山道上过来一位挑夫，竹制的扁担横在右肩，一根差不多长的木棍搁在左肩，压在扁担下，向前伸出，与扁担成丁字状，左小臂搭在木棍上——想必是用来平衡双肩重量的吧。这种借力的方法，我是第一次见到。走近了，走近了，是一位三十来岁的壮汉，有着岩石一般的崚嶒骨架，挑的是粮食、水果、青菜，蓝布的坎肩为汗浸透，低着头鼓着劲，额角、脖颈、胳膊皆露着青筋。挑夫把担子放下，抽出木棍，一头杵在地上，一头顶着扁担，那高度，正好供他可以半站着歇息，不用大幅度弯腰。

"买根拐杖吧。"挑夫大声说，不像是兜售，倒像是谁粗心失察，疏忽了登山的装备。

左右无人，冲的是我。扭头，瞥见他装载果蔬的竹篮边插着两根藤杖。

瞧我年老？嘿，偏不买。实用功能，对我近于零；买回去作纪念吧，又岂不沾了负面的暗示。我摆摆手：不要！

仍旧仰了头——这回凝视的不是峰尖，而是刚刚从云雾中探出脑瓜的一株巨松。

这株松真是华贵英拔到极致！看哪，在纠蟠纠结的铁根之上，在离地半人高处，一干蘖生出五枝，相拥相抱，勠力向上，状如一把撑开的巨伞，不，一座绿色的通天塔。所有的枝柯都不胜地心引力，展开来，展开来，微微向大地倾斜，所有的松针又都和地心引力较劲，挺身矫首，戟指昊昊苍穹。啊，它们是如何从脚下贫瘠的岩层汲取乳汁，又是如何从头顶的日月星辰窃得天机？难以揣想，不可方物。这煌煌意象令我迷醉，就是这样，哪——就是这样，我把自己遗弃在原地，直到日色转暝，薄寒袭肘，同伴从云海山巅玩了一转回来，仍旧仰了脖颈，且屏住气，像一根心怀虔敬的松针，为天庭瑰丽、神奇的乐章所吸引，全神贯注，洗耳聆听，目光亦随之越过树梢、云层（看得见的或看不见的），努力向上，向上……

瀑布声里，有命运在大笑

一

水往低处流，这是水的天性。

伊瓜苏河正是得其所哉！它滥觞于巴西东南部的高原，迢迢1300公里的西征，由海拔900米下流到海拔100米，犹如从迪拜塔尖顶下滑到一层大厅，如此悬殊的落差，端的像"黄河之水天上来"。当然有障碍，有曲折，但是阻不住它夺路器器、争流豗豗。人说速度就是金钱，对于伊瓜苏河来说，速度就是凛凛威风，就是万有引力，它沿途招降了大大小小三十条河流，劫掠了如恒河沙数的赤土，凭高俯瞰，水赭红如血，在四野绿如地毯、秾似碧云的亚热带密林烘托下，红得剽悍！红得莽烈！

更近乎壮烈！到了下游，伊瓜苏河口这一带，河床毫无征兆地突然塌陷，凹下去，不是两丈三丈，而是一落就是几十丈。扔进一座十多二十层的大楼，恐怕也填它不平。那水千山万壑奔涌而来，正自摧枯拉朽，不可一世，忽临如削之壁，莫测之渊，进无可进，退无可退，但见它张发裂眦，奋爪朝未知扑去——在绝壁上扯出悬河注壑的水幕，学名瀑布。

我坐在直升机左侧的舷窗，俯窥地面的河与瀑。那恍若一条巨大的赤龙在向深壑喷水，搅得浑洪赑怒，鼓若山腾。那壑呈倒U状，又被称为马蹄形。我的天，除了天马，谁的脚印有这么大？

雄踞于"马蹄"顶端的，也是块量最大、气势最雄的那挂飞帘，是当之无愧的"瀑王"，当地人却把它叫作"魔鬼的咽喉"。

称谓这么吓人，想必烙印着某种可怕的记忆。

初次惊艳伊瓜苏瀑布，是在王家卫导演的《春光乍泄》；继而，是在迈克尔·曼导演的《迈阿密风云》。曾经到过牙买加、墨西哥的我，潜意识里总认为它是遥不可及的存在。直到此刻，才确认伊瓜苏瀑布就在脚下。

"瀑布，是水的舍生取义。"弟弟说。他靠着右窗，把头转向我。

"莫如说脱胎换骨。"我讲。

"我大学学的是海洋地质，赞同余光中先生的观点，瀑布的一生是一场慢性的自杀。"弟弟事先做过功课。

"余先生是就生命的本质而言，在这个意义上，天下生命莫不是慢性的自杀。而就伊瓜苏河而言，经此一番粉身碎骨的洗礼，焕然一新，汇入前方巴拉那河，与之携手共赴大西洋——我觉得更像是一场浪漫的婚礼。"

"哈哈，科学和文学，是住在两个房间里的。"弟弟忙着揿动相机的按钮。

直升机降低，再降低，低到群瀑的轰鸣声声入耳。

"你听，瀑布在怒吼。"前排有人用英文说。

不，是欢呼——瀑布声里，有命运在大笑。

二

伊瓜苏瀑布一手挽着三国国境，站在"马蹄"的顶端看，左岸，巴西；右岸，阿根廷；前方，巴拉圭。一壑瀑布旺发了三国的风水。

我们下榻巴西的国家公园，首游"天上"，次览"人间"。举目远眺，伊瓜苏三分之二的瀑布集中在对岸阿根廷，观瀑的最佳平台却在巴西这边。

"你们同济大学有风景园林专业，"小詹转向弟弟，"借用园林设计的术语，这就叫借景。"他是从里约同机而来的旅伴，温州人，在巴西经商。

"你们注意看瀑布，"弟弟招呼，"眼睛盯一会儿，再回头看身后的景物，你会觉得一切都在向上飞升，有一种梦幻的感觉，这就叫'瀑布效应'。"

"瀑布效应"常见于股市分析，高深莫测，向来隔膜得很。这当口，我寻了对岸那挂最高的瀑布，使劲盯着瞧，然后转身，瞄向不远处的一片丛林，那些树呀花呀草呀果然就像平步登仙，扶摇直上。这是一种错觉，涉及视神经的复杂反应。

"地质学是怎么描述瀑布的？"我问。

"就两个字，'跌水'。"弟弟答。

"跌水？太俗！应该叫跌河，起码也是跌溪。瀑布是直立的川流不息。"

"水包括了河与溪，科学不是文学，讲的是根本属性。"

"昨晚听了半夜瀑布的轰鸣，"我转移话题，"它一定是在与天地对话。然而，芸芸过客，有几人听得懂它的真言呢？我想把它录下来，带回去仔细辨听。"

"用不着录，"小詹摆手，"我店里有现成的产品，世界三大瀑布尼亚加拉、维多利亚、伊瓜苏的天籁之音都有。"

"太好了！我只要伊瓜苏的。"

"伊瓜苏是当地印第安语，意为'伟大的水'。"弟弟解释。

伊瓜苏瀑布是世界上最宽的瀑布群，为巴西和阿根廷共有。

"当地有个传说，"小詹接过话头，"古时候，有位神仙看上村里一位美丽的少女，要娶她为妻。但少女已经有了心上人，她毅然和情郎乘独木舟逃跑。神仙大怒，将伊瓜苏河拦腰截断，企图让这对恋人陷入灭顶之灾。"

"这传说和牛郎织女如出一辙，"弟弟归纳，"中国是王母娘娘棒打鸳鸯，拔簪一划，在牛郎和织女之间隔出一条银河。"

"中国的牛郎织女亏得喜鹊搭桥，年年七夕相会，伊瓜苏的这对情人呢？"我问。

"好像没有下文，传说只强调这河是怎么断的。"小詹答。

"伊瓜苏既然是'伟大的水'，"我说，"那对恋人必然也像这伊瓜苏河的水，飞舟如箭，穿越滚滚劫波，拥抱海阔天高的未来。"

巴方的观景台依水而建，水面恰好有一条大鱼凌空跃起，仿佛是对我观点的呼应。

"可能是上游冲下来的，鱼喜欢逆流而上，也许它想重返故乡。"小詹迎着彩虹，眯起了眼睛。

那虹斜挂在瀑布的上方，居然有弯弯的两弧，这是阳光和水汽的联袂表演。今日天晴，却有人打伞，泼河惊涛蒸腾起漫空的水雾，不是细雨，胜似细雨。

"可惜李白没有来过，否则，他会写出比《望庐山瀑布》更美的诗句。"弟弟感慨。

不一定的哦，我想。庐山瀑布和伊瓜苏瀑布相比，绝对是小巫见大巫，但庐山有幸，它把李白的才华激发到极致，到顶了，再也没有了。想象李白即使来到了伊瓜苏，除了"飞流直下三千尺，疑是银河落九天"，还能写出什么更高级别的比喻呢？

三

午后，过境到阿根廷。巴西方面，栈道是修在水边的，观瀑，从下向上看。

阿根廷方面，栈桥是修在崖顶，观瀑，从上往下看。

在巴方纵目，瀑布赫然分作上下两挂，大水自绝壁倾泻而下，半道撞上突兀的崖棚，摔个虎啸龙吼，电闪雷鸣，旋即触石反弹，来不及整顿盔甲，就势扑向深渊。

在阿方四望，伊瓜苏河水面辽阔，宽约4公里，因为在断崖前，遭遇无数危岩丛莽的阻挡，所以它倾扑之际，水波自然分途，泻出的瀑布，一眼看不到头，多达275挂。

站在栈桥上欣赏瀑布，恍若欣赏百米高台跳水。上游，是澎澎湃湃、浩浩汤汤的波涛，临近嵯岩峭壁，流速加快，愈来愈快，算是助跑吧。到了崖顶也是跳台的尽头，它没有高高跃起——水不像人，腾跳不起来——而是决绝地、义无反顾地扑向前方，百分之百地自由落体。也非完全自由，前面有先锋部队牵着拽着，后面有大队人马推着挤着，当是之时，跳也得跳，不跳也得跳。如此说来，可看作水的集体跌落。啊不，还是说跳来得确切。跌，呈现被动；跳，包含主动。瀑之为瀑，源自水的集体跳崖，那一纵，是破釜沉舟，那一落，是绝处逢生；生命的豪赌就是从绝望里赢得希望。水之为水，亦源自瀑的形象代言，天下之至柔，驰骋天下之至坚，举凡前进路上的任何阻碍，终将为其夷平。

远远地，从下游驶来一艘大型橡皮艇，游客人人穿着雨衣，但见船夫在礁石、漩涡间作大幅回旋，过足了游客冲浪的瘾。然后，拨正船头，驶近上游阿方的瀑布群，停止不动，它是要干啥？是供游客拍照吗？说时迟，那时快，橡皮艇一个发动，猛地冲进了瀑布。正惊骇间，它已退了出来，眨眼，又冲了进去，如此反反复复，搅得腾波触天，高浪溅日，游客锐声大叫。

这项目惊险而又刺激，游客的叫声未尝不是一种发自丹田的音瀑，半为惶恐，半为喜悦。

禁不住跃跃欲试，千里万里飞来，这挑战不容错过——对我来说，登上冲瀑的小艇，就是登上伊瓜苏的制高点。

可叹的是：转眼白了少年头。可喜的是：少年青丝并未云散，仍在心头猎猎如旌。

阿方在崖顶之外，另辟了一条贴近谷底的游览路线。弟弟和小詹沿坡道而下，前去探索那些飞练垂帛后的隐秘洞穴。我听弟弟说过，黄果树瀑布就掩藏着天然的大溶洞，长达四五十丈，一九八六版电视剧《西游记》的水帘洞就是在那儿取的景。

伫立桥头，虽然跟瀑布保持一定的社交距离，犹能感受到它喷珠溅玉的热情洋溢。心弦一颤，禁不住想起了我的大老乡、别号射阳山人的吴承恩。此公祖籍淮安，一辈子围着东部沿海转悠，撰写《西游记》的大神，足履竟未曾敲叩西土，不愧是大天才，但也是大遗憾。倘若他曾先我而来，先我而探赜索隐于伊瓜苏之瀑，其笔下的花果山水帘洞，气象定然更加峥嵘——兴许这个星球上最炫最酷的瀑布符号,就此落户中土!

不恨大神吾不见,恨大神未见吾脚下的伊瓜苏。

见闻绝对有助于拓开心瀑。

心瀑才是灵感的源泉,自有"飞流直下三千尺"。

登山小鲁

乘高铁外出，夜，嫌枕头略矮，随手垫进一部《名人奇闻趣事》，如是无忧矣。梦中撰文，得心应手，乐不可支。俄而惊醒，迅速拿笔记下，仅为大概，无复梦中精彩了。文曰——

一

苏格拉底名言远播："认识你自己。"

柏拉图登门拜师，俯首承认："我还不能认识自己。"

苏格拉底婉拒："年轻人，你晓得的呀，我的座右铭是'我知道我一无所知'。"

柏拉图把头俯得更低："这正是您最值得学习的地

方，因为不知道自己的无知，乃是双倍的无知。"

二

莱特兄弟着手试验飞机，有专家断言："想叫比空气重的机器飞上天，绝对是痴心妄想。"

达尔文即将出版《物种起源》，有教授不屑地指出："《圣经·创世记》早就说得清清楚楚，天与地，是在公元前4004年10月23日上午9点诞生。"

斯蒂芬孙立志发明火车，有博士嘲笑说："在铁轨上高速旅行，乘客将无法呼吸，甚至窒息死亡。"

人类史上，任何一项新事物在冒头之际，总有"权威人士"自觉或不自觉地要将之扼杀。

殊不知，根据作用力等于反作用力的牛顿第三定律，那正是新事物破土绽芽、迎风怒放的强大推进器。

三

达·芬奇绘画入魔，为了掌握明暗，他研究光学；为了攫取运动形态，他研究力学；为了捕捉花草神韵，他研究植物学；为了求证对象的精确比例，他研究数学；为了透视人体，他研究生理学，并偷偷参与当时为教会严禁的尸体解剖……

假如有某位良医把它倒过来,因为精研医道,所以涉猎数学、植物学、力学、光学、绘画……

庶几能成为国医。

设若从政,也有望成为良相。

四

夏日炎炎,高大魁梧的法国总统希拉克,迎着太阳,漫步在巴黎的长街。

一个小男孩尾随其后,亦步亦趋,紧跟不舍。

希拉克停步,弯腰问:"小朋友,你是有啥要我帮忙的吗?"

男孩回答:"没有没有,我只是觉得在你的影子下面很凉快。"

希拉克恍然大悟:自己的重要不在崇高的地位,而在身后留下的一片阴凉。

五

当你正聚精会神地演讲,突然被一个恶作剧的孩子从远处用鸡蛋击中脑袋,你笃定会勃然大怒。

如果你又贵为首相,安全人员会立刻把那孩子抓起来,狠狠教训一番。

事情正发生在英国首相威尔逊的身上,他让安全人员记下肇事孩子的姓名、地址,然后放走。

威尔逊转而对听众说:"这个小孩,从那么远的地方,能将鸡蛋扔得这么准,证明他有体育天赋,他的行为虽然不礼貌,但我身为首相,有责任为国家发现人才,我要让体育大臣注意栽培。"

六

萧伯纳这天好尴尬,好尴尬。

偶然相逢,他陪一个小姑娘玩了许久。临别,他对小姑娘说:"回去告诉你妈妈,就说今天同你玩的是鼎鼎大名的萧伯纳。"

谁知,小姑娘不卑不亢,模仿萧伯纳的口吻说:"你也回去告诉你的妈妈,就说今天同你玩的是我某某小姑娘。"

萧伯纳在浮华的成人世界混久了,习惯了众星捧月的虚荣矫饰,这个天真无邪的小姑娘,让他一洗心头的铅华,返璞归真。

七

达尔文最宝贵的天赋,不是聪明,不是勤奋,而是——想象。

读小学时,达尔文的这一天赋遭到周围人普遍的嘲笑。譬如,他捡到一块奇形怪状的石头,就煞有介事地跟同学炫耀:"看哪!这是一枚宝石,价值连城。"他瞧着校园里的花草,信誓旦旦地向同学保证,他能用一种"秘密液体",制造出各种颜色的报春花和西洋樱草。他在泥地里捡到一枚锈迹斑斑的普通硬币,就拿去给姐姐看,并一本正经地说:"我敢打赌,这是一枚古罗马硬币。"

嘲笑归嘲笑,达尔文扇着想象的翅膀一路向前飞,最终,写出了惊天地泣鬼神的巨著《物种起源》。

回顾往事,他坦承:"没有想象,一切都不会存在。"

八

爱因斯坦写信称赞卓别林,说:"你的电影《摩登时代》,世界上每一个人都能看懂。你笃定会成为一个伟人。"

卓别林回复:"我更加钦佩你。你的《相对论》,世界上没有几个人能弄懂,但你已经成为一个伟人。"

"每一个人都能看懂",是大俗。

"没有几个人能弄懂",是大雅。

俗易，雅也不难。但要做到让爱因斯坦和卓别林惺惺相惜，互相伸出大拇指，关键在于那个比"人"多了"一"横的"大"。

九

这是仓颉先生的智慧，中国古人的智慧。

"大"，既已比"人"多了"一"横，就不能随便再加。

你看，"大"上面加"一"横，就是"天"，到顶了；硬要出头，则为"夫"，凡夫俗子的"夫"；向左一撇，则为"夭"，夭折的夭；右上加一点，则应了"画虎不成反类犬"。

"大"上面的最佳组合，是"小"。

"大"是百尺竿头，"小"是更进一步。

"小"，看似微不足道，不值一提，但和"大"一搭配，就成了出类拔萃的"尖"。

三文鱼的生命史诗

三文鱼洄游了！在红衰绿减、烟冷霜寒的河谷。此地，为多伦多霍普港小镇，此水，为加纳拉斯卡河。此地此水，因三文鱼一年一度的集体返归，引爆旅游，观者如潮。

风儿记得，四年前那个早春，三文鱼的"童子军团"，也是从这上游的溪涧前往大湖大洋，经风雨，见世面。征服多少鲸涛鳄波！历经多少豹齿喋血、鲨口余生！幸存者，在遨游北大西洋一圈之后，满怀百战归来的喜悦，重返加纳拉斯卡河口。

为了什么，它们溯流而上，急如星火？为了什么，它们日夜兼程，不眠不休？难道，是为了甩却两岸钓者的银钩？难道，是为了逃脱鹰隼的尖喙和棕熊的利爪？

是。也不完全是。

风儿明白，水中的树影、云影明白。这是天赋和本能在按着生命的节拍舞蹈。

加油！加油！乡关遥遥在望。

人类永远摆脱不了乡愁，但远比鱼类潇洒超脱，为了生息，他们识得物离乡贵，他们向往四海为家，然后才有衣锦还乡，才有叶落归根。

你看！它们挨挨挤挤，密密麻麻，排成一路纵队，目不斜视，腰背劲挺，尾巴狂甩，快速划水，不时跃出水面，形似流线型的鱼雷。累得耗竭体能，崩裂血管，银白色的鱼身转眼间变成剖心相示的殷红！此刻，若用人们常说的"鼓足干劲，力争上游"来形容这场面，尤为传神。

在渐陡渐高的河床里逆泳，本来就十分费劲，何况还要时不时面对突兀而起的石坎和险滩，不是三处五处，是无数处，考验胜似唐三藏西天取经途中的九九八十一难。好在，历经四年的湖海生涯，三文鱼已练就了十八般武艺，冲浪、抢滩，自是不在话下。

眼前的一幕，倘若要找个例子作比喻，莫过于非洲马拉河的"天国之渡"——在那里，每年都上演物竞天择的野生动物大迁徙，数以千计的角马、斑马、羚羊，似滚滚狂涛，一波涌一波，一浪掀一浪，腾着，跃着，怒着，吼着，冲破河马、鳄鱼的联合封锁，拼命向适者生存的彼岸泅渡。

可歌可泣。

三文鱼最后的冲刺，也是最残酷的淘汰——那是一道四米高的人工堤坝。俗谚有"鲤鱼跳龙门"，意谓鲤鱼跳过最高最难的障碍，就能脱胎换骨，羽化成龙。三文鱼是鱼界的"跳高冠军"，它的拉丁文就是"跳跃者"。然而，三文鱼的最高纪录，仅为三米七，撇开激湍洪波形成的飞瀑不谈，光那超越极限的三十厘米，对于它们，不啻"危乎高哉！蜀道之难，难于上青天"！

眼见一位先锋斗士，意气风发，逸兴遄飞，全不把大坝放在眼里，到了跟前，不管三七二十一，"唰"的一下纵身就跳。许是太心急，许是体力透支，勉强蹦到半空，遭下泻的湍涛泰山压顶，狠狠翻转，一头栽入黑魆魆的水底。心有不甘，急浮水面，摇一摇头，甩一甩尾，旋又腾空而上……唉！毕竟力不从心，再次栽入水底。

后续勇士，仍然是前赴后继，真是精神上的强者！只可惜一坝扼关，万众莫越，铩羽折翼，败下阵来。

雄关踞前，谁能攻坚？

危急之际，鱼群中的一位"智多星"应运而出。它也曾凭血气之勇强行越坝，碰壁之后，断然放弃硬拼，改为退后三尺，在漩涡翻滚中逡巡复逡巡。时而冷眼旁观，时而潜水深思，时而随波逐流。这是一种比大智更珍贵的大愚，比大巧更高明的大拙，比削铁如泥更犀利的重剑无锋。忽然，它眼前一亮，它看到了，它嗅到了，在大坝和河岸之间，隐藏着一处相对低凹的豁口。这是人类的疏忽，还是有意的预留？管它呢！有豁口就有路，不过白不过！它凭借直觉，估算距离，计算角度、弧度、高度，随即轻轻松松地一跃——它成功了！

碧波之上，蓝天之下，所有的动物、植物，都在为它喝彩。

一只洁白的鸥鸟恰巧打坝顶飞过，霎时看得目瞪口呆，呆得忘了奋力扇动翅膀，在空中定格。

镜头转向下游，一位红衣蓝裤、穿着长靴的垂钓者，站在河湾的浅水处，盯着浮标急速下沉，旋即上升。此公适时甩竿，钓起一尾硕大的三文鱼。只见他收线、摘钩，像海明威惯于做的那样，揽猎物入怀，请同伴帮忙摄影留念。随后，却做了出乎意料的举动——他轻轻吻了鱼儿一下，温柔而又果决地将之放回水道。整个过程驾轻就熟，一气呵成。

三文鱼劫后重生，顾不得厘清乱麻，反思教训，立马又抖擞精神，投入鱼与人的终极一搏。

再说大坝。鱼与鱼之间自有信息交流，另辟蹊径的本领并非谁都具备，模仿却是从鱼到人都有的天性。"后发优势"既然得以立竿见影，一些后续队伍中的机灵者，照猫画虎，有样学样，纷纷跃过豁口。

这是分水岭。越过大坝，就到了河谷的上游，那四年漂泊途中一直魂牵梦萦的溪涧。迎接它们的是风平浪静，渚清沙白。

终于回到老家，回到生命的原点。

生命的轮回之钟敲响了！奇怪的是，谁都没有瞧见那钟，但谁都听到了那庄严雄浑的天籁。

雄鱼和雌鱼迅速物色伴侣，一见钟情，一吻即合。随后，双双自动离群，选择河床深处，清扫沙砾，移动卵石，掘挖洞房。待一切拾掇停当，遂鼓鱼类的瑟，吹鱼类的笙，融融泄泄，怡怡悦悦，举行普族同欢、百代齐乐的繁衍大典！

典礼既毕，鱼夫鱼妇最后一次眺望世界，带着驰骋万里的疲惫，心满意足，了无牵挂，含笑瞑目而逝。

冬天来了！雪花，那六角形的、美丽而又圣洁的天之葩，一朵一朵、一寸一寸、一尺一尺地接管了山岭、莽丛、原野、河谷。

千里冰封，万里雪覆。

这里的溪涧，静谧又喧闹。三尺冰层下，三文鱼幼仔正汲汲然、欢欢然地忙着孵一场薪火相传的大梦。那梦境意译成唐诗，就是"长风破浪会有时，直挂云帆济沧海"！

蔚蓝的呼吸

　　马可·波罗留给后世一部奇书《东方见闻录》（即《马可·波罗行纪》），译得雅洁一点，就是欧洲人的《东游记》。现在时髦比较文学，你不妨拿它和吴承恩的《西游记》对照了看。看东西方的相互吸引相互窥探，看孙悟空在如来佛的掌心翻筋斗，其实只是在大陆的引力场蹦高，看唐僧千磨万劫取来的无字真经，在马可·波罗眼里，左不过是香料、珍珠、宝石和黄金，看……

　　鲁斯蒂谦这家伙太敦厚，我指的是那位帮马可·波罗整理游记的比萨作家，他老兄过分拘泥史料，像司马迁，而没有拿神仙为经，鬼怪为纬，敷衍出一部但丁《神曲》式的传奇。话说回来，实话实录，实事求是，常常也能生发实际的轰动，即以这部《东方见闻录》而言，若不是载根载据，确凿可靠，又怎能引发欧罗巴持久不衰的东游热。仿佛孙大圣一拔毫毛，刹那间吹化出无数的亚洲迷、远东狂。神话就缺少这层煽动力，吴承恩之后，你见过几人真想去大闹天宫？

一

哥伦布称得上是马可·波罗百载下的知音。百载之下还有人追星，马可·波罗的张力非同凡响。也是前缘：马可·波罗一二五四年生在威尼斯，哥伦布一四五一年生在热那亚，同属意大利的城邦，隔代而近邻。因缘还可以继续往近乎里套：一二九八年，马可·波罗向鲁斯蒂谦口述他长达二十六年的东方之行，就是在哥伦布老家的监狱；焉知不是暗结下宇宙的灵胎，终于在一百五十年后，呱呱坠地了哥伦布——这位毕生追踪马可·波罗东游胜迹的伟大航海家。

不能轻易否定哥伦布"航海家"头衔前的那个"伟大"，不能，哪怕你从来就敌视他的人品，鄙弃他的行径。动机是什么？动机意味着与生俱来的灵魂骚动，意味着祈求功业、渴望征服、梦想腾达的七情六欲，意味着与造物之神频频碰杯的精神感悟和超人心态，还有那只"看不见的手"在冥冥中的挑逗撩拨。一四九二年八月三日，哥伦布奉西班牙统治者之命,携带致中国皇帝的国书,率领三艘帆船、一百二十名人员,从巴罗斯港启碇。不是向东,而是向西。向西的目的是最终抵达远东。中国早就有南辕北辙,那是讥讽。哥伦布如今东游西渡,却是进步,跨越蒙昧的历史性飞跃。高山大漠不过是地平线,波涛万顷不过是泛舟池。地球是圆的。圆的。圆的。自鸿蒙开辟,自阴阳分割,自星辰列位以来一直就是这个模样,除圆之外不再具有任何其他形态、其他存在、其他构想。海之神咆哮了,因被撕破神秘、戳穿底细而气得索索发抖,免不了要驱使鲸波鳄浪阻拦航路;但是哥伦布福大命大,居然让他假道大西洋的怒涛,安全抵达世外净土。

平心而论,哥伦布的学识远不如我,也远不如你。他老人家不知道海洋的确切面积,更不知道七大洲的具体方位。因此,航行途中,只晓得一味指示舵手:"向西!向西!"机械的西向理论,使他失去了天纵的良机,如果稍微偏南,他会径插南美,如果稍微偏北,他会直捣北美,一直向西的结果,令他此番远征,包括随后的三次横渡,都只是在加勒比海群岛和中美洲海岸一带转悠。

不过,也用不着惋惜,无论中美洲,还是南北美洲,它们在地球大发现的光荣榜上,价值都是相等的。

听说哥伦布,要追溯到光着腚儿打水仗的孩提时代。

认真思考哥伦布，解析哥伦布，却是二十世纪八十年代初，一次有关蔚蓝的国门、蔚蓝的桅杆以及蔚蓝的呼吸之座谈会上。伟伟乎哥氏，美中也有不足，他本人并不知道发现的是美洲，直至弥留，还坚信抵达的是中国，或印度。不必嘲笑他的张冠李戴，他的死不改悔，观其一生，能有这样一次享誉青史的歪打正着，绝非偶然。传说哥氏首次远征归来，西班牙大主教为之洗尘。酒阑，有人问："假若不是阁下，而是由别人率队出航，会不会取得同样的殊勋？"哥氏笑而不答，他拿了一只鸡蛋，放在桌上，问有谁能使它直立。众人面面相觑，束手无策。哥氏拿起鸡蛋，轻轻一磕，将蛋尖敲碎一点，鸡蛋就在桌上竖立起来了。

这故事曾经广泛被引用，知名度一高，便不免落俗。让我们换个例子吧，就在那次座谈会后，那晚灯下，那个海缥云缈、天马行空的思维王国，我陪哥伦布从海地岛一带返航。话说途中，船只遇到掀天陷日的风暴。哥伦布担心一旦船毁人亡，自己的功绩就会葬身鱼腹。于是，他把最关紧要的资料缩写在几页纸上，卷好，塞进一只玻璃瓶，加以密封，然后将之抛入大海。从容而镇定，他向这世界交代机密，犹如向惊蛰后的土坑埋一粒树种。凭着对海流的切脉，他深信瓶儿总有一天会被冲上西班牙沙滩。

我的天，这是何等渺茫而又何等盖世的豪赌啊！他没有问我，幸亏他没有问我，必须承认，也只有他，哥伦布，才能玩此大撒把，大艺术！别说，过了三个世纪，也就是一八五六年，海神到底没敢忘却哥伦布的嘱托，把他当初扔出的漂流瓶，乖乖护送到西班牙的比斯开湾。

二

哥伦布未竟的环球航行，历史选择由麦哲伦承担。

麦哲伦也是老相识了，任何一册世界历史、地理都不会落下他的大名。我由衷喜爱的奥地利作家茨威格先生，是这样给他塑像的："个儿不高，蓄着硬撅撅的大胡子，目光锐利逼人，生性冷漠、矜持、寡言少语……"

麦哲伦和哥伦布，一个祖籍葡萄牙，一个祖籍意大利（而后迁居葡萄牙），虽然背景有别，年龄也有老大悬殊，在推进环球航行上却有着惊人的相似：他俩，都是首先把自己的擘画送呈本国（包括迁居国）的君王，遭到拒绝，才转而寻求邻国，也是海上竞争敌手的西班牙的支持。——这种跨国追求，要是搁在亚洲探险家身上，简直难以想象。马可·波罗自然是个特例，他曾被元政府聘为客卿，数番奉诏出使外国，除此之外，你能设想明朝的航海家代表日本探索马六甲海峡？你能设想高丽的船长打着

第二辑　解构彩虹的经纬　｜　095

印度的国旗联络非洲？

宇宙是没有涯际的，科学是蔑视禁锢的，当一项探险事业的光焰漫出单一的地区、民族，朗朗普照大千，勇士们百折不挠的活动本身，就成了他们华光四射的祖国。

于是我们看到：一五一九年九月二十日——在马可·波罗东行二百四十多年之后，哥伦布西渡二十七年之后——麦哲伦，这位因战争而瘸了一条腿的探险志士，率领五艘帆船、二百六十五名人员，从西班牙的圣罗卡扬帆；航线是绕道南美径取远东。详细叙述航程中的灾难，诸如迷路、饥饿、寒冷、叛乱以及叛逃，对于四个多世纪后的读者，已属多余。这里，我只想指出麦哲伦的天性之一：坚韧不拔，独断专行。在这支船队中，毕竟只有他一人，听到了隆隆的天启，或神谕，毕竟只有他一人，像渡过卢比孔河的凯撒，只能前进，不能回头，又毕竟只有他一人，每一块肌肉、每一根神经都洋溢着创造的情欲，连头顶的乱发、肩后的破氅，也在为义无反顾的搏击飘舞。所以，他在浩淼征途实施的是铁腕统治。这里只有麦哲伦，麦哲伦就是上帝。

在茨威格先生的热情向导下，我曾随麦哲伦一行熬过鱼龙悲吟、鼋鳖愁泣的五百多个昼夜，越过涛呼涛吸、苍茫无及的大西洋、太平洋，驶达林木翳翳、炊烟袅袅的菲律宾群岛。创世的神话,九死一生的补偿:在这里,一个叫宿务的小岛上,麦哲伦的奴仆马来亚人亨利,从岛民大呼小叫的喧嚷中,辨出了他本民族的乡音。啊啊,这是历史隧道乍露的一线天光:自地球在宇宙中旋转以来,人们破天荒绕地球一周,重返家乡。

美的圆环,总是不能臻于尽善。天才的火花,往往也是他个人的灾星。麦哲伦,这位让大西洋、太平洋的波澜恨不能跃起亲吻他的海上骑士,这个令地球转动得比既往更尊严更惬意也更欢快的科学巨人,却在与当地土著的一场无谓冲突中,猝然遇难。未踬于山,却踬于垤。天妒英物,世失豪杰。幸亏已于他的勋业无损,幸亏。这位冷漠的、矜持的、目光锐利逼人的大胡子独裁,终于没能驾驶残存的"维多利亚"号返回出发点。"曲终人不见","血污游魂归不得,幽冥空筑望乡台"。

为他扼腕,为他拊膺,且为他额手称庆,亏得他当初招募了一位叫比加费德的作家。正是由于后者的忠实记录,麦哲伦的功劳才得以晓喻天下。倘若不是如此,麦氏的业绩很可能被埋没,甚至被出卖,被顶戴。通向成功的每一环节都不可忽视,世界向比加费德致谢,还在于这位报告文学的前辈大师,坚持写日记。因而,在接近终点的非洲西岸,他意外发现,船队在连续往西航行的过程中,竟神不知鬼不觉地从日历上丢失了一天。这事证明了公元前五世纪希腊哲学家赫拉克利特超凡卓绝的猜想：地球在宇宙中并非静止不动，而是以等速围绕地轴旋转。如果一个人顺着它的自转方向往西航行，就会从浩浩汤汤的时间长河中，不断丧失微不足道的涓涓滴滴。

三

说到比较，在中国，有资格和哥伦布、麦哲伦竞争地理大发现的金牌的，不是本文前面提到的那位跋山涉漠、西天取经的唐玄奘，而是眼前这位凌沧渡溟、七下西洋的郑和。

郑和的舰队搅沸南洋的渌波，比哥伦布横渡大西洋要早87年，比麦哲伦踏上不归路要早一个多世纪。那是怎样的声威显赫啊！光报一报舰队的规模，便足以令西方的同行咋舌：郑和每次下西洋，宝船、马船、粮船、坐船、战船，多达二百艘，军官、战士、随员、水手，总在二万七千人左右。这是什么概念？在明代，就等于一座州城或府镇在作水上战略转移啊。让我们借海鸥的翅膀追逐他们一程吧。数十里长的海面上：旌旗招展，鼓乐喧天，艨艟游弋，云帆高张，冲波克浪，昼夜星驰。

这反映的是一个老大王朝的雄阔气度。关于这个王朝的航海实力,马可·波罗百年前就有所领略了。一二九二年,马可·波罗奉命护送蒙古公主远嫁波斯,就是从福建泉州港登舟,取道南中国海西溯的。全团六百余人,分乘十四艘四桅帆船,一路履波涉澜,情形颇为壮观。而他对泉州港投下的惊讶的一瞥,更让西方的冒险家大开眼界。马可·波罗在游记中说道:"刺桐(泉州)是世界最大的港口之一,大批商人云集在这里,货物堆积如山,的确难以想象。"

难以想象,才更能刺激天才的狂热体验。哥伦布,就是通过马可·波罗的游记遥望"蓬莱",说服西班牙当局支持他探险。他生前阅读并广作批注的那册拉丁文本的《东方见闻录》,至今还珍藏在葡萄牙的首都里斯本(一说现存意大利博物馆)。假设,这里只能是假设,有一天,郑和座下九桅十二帆的庞伟宝船,和哥伦布、麦哲伦驾驶的三桅快帆,在印度洋或大西洋的某处不期而遇呢?——好比唐三藏撞上了马可·波罗,孙悟空迎战堂吉诃德,想想看,那将是多么有趣的观照!

这样的场面,当然是不可能出现的。郑和的舰队虽然举世无匹,但他的眼光,依旧停留在往古。天圆地方,是压在华夏上空的千年梦魇。"天似穹庐,笼罩四野","天苍苍,野茫茫","风吹草低"见到的只能是"牛羊""牛羊"。而泱泱"中国",顾名思义,占据的必定是这块六合八方的中央位置。其他诸蕃异域,统统靠边站。这不是笑谈,秦汉唐宋年代久远,就不去说它了。近至十四世纪,在马可·波罗之后的之后,朱思本笔下那幅著名的《广舆图》,就仍旧是中国居中,"四夷"拱卫环列。而且诸夷之中,除了高丽、印度,都是略而不标,语焉不详。所以,郑和的舰队尽管日日乘风破浪,却没有谁曾像西方的对手那样认真思索:如果大地果真是平面的,那么,从远方水平线驶来的船只,为什么最先露出的总是桅杆?

而哥伦布和麦哲伦,却从中琢磨出大地是个圆球的新概念。人类的一切进步,首先归结于眼光的超越。最伟大的发现总是目空千古的,发现注定是一种淘汰和扬弃,一种大无畏的背叛,一种隔着深渊也敢纵身飞拥的激情,以及面对绞架依然目不旁瞬的神勇。西方的航海家成功了,对此,我们用不着嫉妒,乃至反感,而是应该认真读一读他们的目光,就当是照镜子,那也好。

郑和的失落,还在于他这个皇家舰队队长,既没有肩负扩张的使命,也没有身受黄金的役使。他嘛,说到底,只是明王朝的一个外交使节,一粒宣示国威的棋子,明政府要他出航,他就起锚,要他停航,他就落帆。个人的天才完全降于从属地位，时代的激情又彻底被僵硬的皇权窒息。是以，郑和起步虽早，却没能营造出改变世界发展的大格局。历史的机遇仅仅在他舰队前一闪而逝，轰轰烈烈的七下西洋，却落得了个全线撤退、焚舟毁楫、彻底禁海的下场。国人本来有充分的优势，足以成为新世界的发现者，禁海的结果，却使自己无可奈何地沦为被发现者。泰阿由是倒持，神州节节陆沉。清末，大学者梁启超有感于此，曾饱蘸血泪写下一篇祭文，题目是《祖国大航海家郑和传》。在文章中，梁任公止不住仰天长叹：

> 及观郑君，则全世界历史上所号称航海伟人，能与并肩者，何其寡也。郑君之初航海，当哥伦布发见亚美利加以前60余年（应为80余年，作者注），当维哥达嘉马发见印度新航路以前70余年（应为90余年，作者注）。顾何以哥氏、维氏之绩，能使全世界划然开一新纪元，而郑君之烈，随郑君之没以俱逝。我国民虽稍食其赐，亦几希焉。则哥伦布以后，有无量数之哥伦布，维哥达嘉马之后，有无量数之维哥达嘉马。而我则郑和之后，竟无第二之郑和，噫嘻，是岂郑君之罪也？

郑和殁于最后一次下西洋的途中，和麦哲伦一样，算得以身殉职。麦氏身后，有幸存的船员继续他的航程，有忠诚的作家阐发他的功绩。郑氏身后，关于航行的作品倒有几本，如《瀛涯胜览》，如《星槎胜览》，如《西洋番国志》，可惜多是关于域外风情的诗文唱和，而鲜有科学角度的观察和经济情报的搜集。至于追踪蹑迹，续谱西游，前面说过，已弦断响绝，再无下篇。郑和是太监，这是他生活的不幸，同时也暗示了他事业的不幸。丧失了开国初期雄武风流的明政府，由扬威海外、播德天涯而转向闭关锁国、固守陆地。龙的故乡，一变为望洋兴叹。为杜绝长远，某些狭隘峻急之徒，还悄悄销毁了七下西洋的珍贵档案。

…………

但穷东极西、无远弗届的大海，呼吸万汇、吞吐灵潮的大海，是无论如何也禁不住的。你在这边厢禁了，人家照样从那边厢进来。自打麦哲伦的航船从南中国海擦肩而过，一切潮起潮落的港之湾水之湄，都开始沟通了，喧哗了，鼎沸了。领土在海里，财富在海里，胜负也还是在海里！那蔚蓝尽管仍是亘古不变的蔚蓝，那呼吸却是日新月异的呼吸。海沸洋翻，风激电飞。这就见大批大批的三桅战舰自欧罗巴的水域西伐东征；伴着"哗啦——哗啦啦——"的涌浪，越来越近了，越来越近了，那资本主义的桨声灯影，那新世纪的风樯云舵；"海腥吹入汉宫墙，无复门关亦可伤"（清·莫友芝）；"谁铸九州成大错，忍教万里坏长城"（清·张罗澄）！不过，接下来的演变已越出本篇的视野，行文就此打住。末了，我想补缀的仅仅只有一点：如果历史能被唤醒，如果时空能任意互置，如果郑和有一天魂兮归来，面对百年后、数百年后的新世界、新大陆、新格局，可以肯定，他老人家也一定会仰天长啸，然后果断掉转船头，冲破中世纪的封锁线，闯进现代的海洋！

唐诗中的"最后一片叶子"

一

君子动口不动手？非也，君子动口，也动手。否则，哪来的花花世界、朗朗乾坤？

近人熊十力和废名，因文斗而升级为武斗的故事，脍炙人口。对此，周作人、季羡林、汤一介等均有记述，大意是：熊十力与废名同为湖北老乡，同为北大教员，前者精研佛学，后者也深耕梵学。一日，两人碰头，为佛理起了争论。废名说："我代表佛，你诽谤我就是诽谤佛！"熊十力更为霸气，直接说："我就是佛，你反对我，就是反对佛！"话不投机，两人竟然拳脚相向，打了起来。末了，一人落败，气哼哼离去。

事发地点，究竟是在熊宅，还是在废名住所？落败的，究竟是熊氏，还是废名？诸家版本说法分歧。其中有一种，颇为符合我的心意：熊十力拳脚稍逊，被废名打出家门，一边落荒而逃，一边扭头大叫："你错了！你错了！我的道理对！"过了一天，熊十力又来找废名，进门就笑嘻嘻地说："我想通了，还是你的道理对！"

前番为追求真理而各执己见，不辞不让，舌辩无效，则怒从心头起，改为决斗——令我动容。此番熊十力一宿醒来，恍悟自己错了，赶紧一路小跑，登门向废名道歉——更令我肃然起敬。

二

二十世纪三十年代，上海文艺界名流宴请张大千，特邀他的好友、京剧大师梅兰芳作陪。

入席时，张大千恭请梅兰芳上座。

梅兰芳推让："弄反了，今天您是主客，这上座是您的，我是陪客，岂能僭越。"

张大千说："您是君子，理应上座，我是小人，该当叨陪末座。"

梅兰芳愕然，众人亦愕然。

张大千解释："您是动口的（戏剧家嘛），所以是君子。我是动手的（画画哦），所以是小人。今天只能是您坐首席,由我来为大家执壶备觞。"

众人恍然大悟,梅兰芳亦开怀大笑。

张大千这里巧用了"君子动口,小人动手"的成语。其实,梅兰芳何尝不动手,他的五十三式兰花指被誉为登峰造极的艺术。民国报刊曾载文,说梅兰芳的一双手,值得买重金保险。他去苏联演出,有戏剧专家看完他的剧目,赞叹说:"看了梅先生的手,我们这里演员的手,简直都应该剁掉!"至于张大千,又何尝不动口呢,他若不是日常擅于唇掀风云、舌灿莲花,又哪能当场即兴生出如此的妙喻!

三

唐人崔信明有一句断诗"枫落吴江冷",被我无意中记住了。我觉得这是他的荣幸,因为周围没人听说过他的名字,更不用说他的这句残诗。这也是我的荣幸,因为我不仅记住了他的这一句,对,仅仅以一句入选《全唐诗》的"孤芳",而且还牢牢记住了与之相关的一段诗坛轶话。

崔信明出身名门,宦途平平,在隋末唐初做过两地县令,唯以诗才自傲,目高于顶。一天,他行舟江上,巧遇另一艘客船,上面坐的是同样出身名门、同样自命不凡的诗家——扬州录事参军郑世翼。郑世翼客气地招呼："久闻你的名句'枫落吴江冷',却从来没有见过全篇,今日得便,能让我欣赏欣赏吗?"崔信明闻言大喜,感觉如俞伯牙碰上了钟子期,除了对方点名要的,还把身边历年积存的一百多篇诗稿,统统恭恭敬敬地奉上。郑世翼接过,先看索要的那首,摇头,大失所望,再看余稿,略翻一翻,撇了撇嘴,不屑地说:"真是见面不如闻名啊!"随手一甩,竟把那沓诗稿扔进江水,然后乘船扬长而去。崔信明眼见自己平生的心血都付诸流水,欲救无策,欲哭无泪,只能徒呼奈何。

但一句"枫落吴江冷",却因这个典故,在《全唐诗》中保存了下来,成了崔信明诗歌大树中的"最后一片叶子",顽强地绿到今天。

而郑世翼也因为那狂傲的、悖乎人情的一甩,跃升为唐诗中那"最后一片叶子"的"画师",借以留名后世。

四

陈独秀是天生的革命家,他的摧枯拉朽、再造乾坤的个性是渗透在血液里的,体现在人生的方方面面。比方说书法,他笔下的一点一钩、一横一竖、一撇一捺,都讲究稳若泰山,奔如长江黄河,气似金戈铁马。

陈独秀自述他小时候,"喜欢临碑帖,大哥总劝我学馆阁体,我心里实在好笑,我已打定主意,只想考个举人了事,决不愿意再上进,习那种讨厌的馆阁字做什么"。

一九〇九年底,陈独秀从日本归国,来到杭州。杭州有位青年书法家,叫沈尹默,已经颇有名气。一天,陈独秀在友人处看到沈尹默书写的自作五言古诗,直觉:诗臻于上乘,这个作者是有才华的;字嘛,却甜媚有余,浑朴不足。陈独秀动了真性情,第二天,径直去敲沈尹默的门,见面就说:"我看了你写的那首古风,诗作得不错,有意境,只是,字写得太差,说真的,简直其俗在骨!"

当头就给了沈尹默一棒子。

这使我想起美国电影《爆裂鼓手》,影片中魔鬼导师弗莱彻相中了十九岁的天才鼓手安德鲁,他的见面礼就是一个大巴掌。

沈尹默是个有大志的人,陈独秀的批评击中了他的要害,当下冷汗涔涔,浑身发抖,如同生了一场大病。是的,他明白,自己走的是馆阁体路子,秀媚固然引外行喜欢,但在书法审美中,仅位列下品,朴拙才是上品。如果说有什么转折,这就是转折。如果说有什么突变,这就是突变。沈尹默自此改帖为碑,固筋强骨,一练就是十多年,终于写出一手骨格挺拔、精力弥漫的好字。

陈独秀在投身革命、大起大落之余,没忘了关注沈尹默。三十年后,他在给台静农的信中,谈到沈尹默的书法,感叹道:"尹默字素来功力甚深,非眼面朋友所可及,然其字外无字,视三十年前无大异也。"

"字外无字",是说他徒具字形,而别无心肠肝胆也。

这一板砖,不亚于当年初见时那一声棒喝。

这话迟早会传出来,沈尹默也必然会听到。沈尹默虽说不是掀天揭地的革命家,但作为有夙慧的文化人,还是深悟脱胎换骨、涅槃重生之道。他牢记陈独秀的两番批评,始而入碑出帖,继而出碑入帖,终而入帖又出帖,这才大器晚成,成为二十世纪中国帖学书法流派的开山盟主,一代举足轻重的大师!

五

鲁迅诗云:"风生白下千林暗,雾塞苍天百卉殚。愿乞画家新意匠,只研朱墨作春山。"时为一九三三年春,题作《赠画师》。

春山是什么样子的呢?

古人云:"春山澹冶而如笑。"(注意,这是成语"春山如笑"的出处。)澹冶,用白话讲,就是淡雅明丽。

又古人云："春山千里供行色，客愁浓似春山碧。"碧，通常指青绿色。

又古人云："去日春山淡翠眉。"

再又古人云："春山愁对修眉绿。"

说来说去，离不开喜青欢绿愁碧怅黛。可是鲁迅偏偏说"不"，他要的是粲然如火的春山。鲁迅生活在一个"风生白下千林暗，雾塞苍天百卉殚"的旧时代，他终生向往并为之卓绝奋斗的，是尚在地平线之外跃跃欲喷的朝阳。

鲁迅不是画家，但他以文字作画，试看他彼时眼中的风景："几株老梅竟斗雪开着满树的繁花，仿佛毫不以深冬为意；倒塌的亭子边还有一株山茶树，从暗绿的密叶里显出十几朵红花来，赫赫的在雪中明得如火，愤怒而且傲慢，如蔑视游人的甘心于远行。"（《在酒楼上》）"赫赫的在雪中明得如火，愤怒而且傲慢"，这正是他写"愿乞""只研"二句时的心态写照。

六

初唐诗人张若虚的《春江花月夜》，被今人誉为"诗中的诗，顶峰上的顶峰"，但在唐代，诸家选本都未采纳之；宋代，诸位选家对其亦未予关注；有元一代，仍寂寂无闻；直到明人李攀龙出场，才在《唐诗选》中破格予以收录。从此拨云见天，名声日显，相继进入唐汝询的《唐诗解》、王夫之的《唐诗评选》、沈德潜的《唐诗别裁》等重磅选本。

证明费马猜想，即费马大定理，花了三个世纪；证明《春江花月夜》的美感度，则花了上千年。

时间才是最伟大的裁判。

关于这首诗的命运，张若虚生前想象过吗？也许想过，也许没有，此事无关紧要，因为，作品能不能流传后世并被大众赏识，不是由他想了算。林徽因说得好："我们的作品会不会长存下去，也就看它们会不会活在那一些我们从不认识的人……的心里，这种事它自己有自己的定律，并不需要我们的关心的。"

书香与气度

我住在七楼,楼道出口挨着图书馆(在我眼里,其实就是一个图书室)。架上的图书,清一色为英文。这合着游轮的身份,它是美国皇家加勒比国际游轮公司旗下的一艘。注册地巴哈马,通用的也是英文。

登船第一天,我就把架上的书浏览了一遍,确信,没有英语之外的文字;我感到遗憾,当然怪自己不擅英语,也怨船方缺乏地球村的目光。你看,联合国除了英语之外,还规定了另外五种常用语,即阿拉伯语、汉语、法语、俄语、西班牙语。游轮既然想把生意做到全世界,文字就不能闭关自守。

图书馆提供免费借阅,这很好,台桌摆着登记簿,你只要写上书名、房间号,就可把书拿走。

从记录看，借书的名单，日日在拉长，他们或许借回房间看，更大的可能，是坐在、躺在阳光下的甲板上看。待在现场阅读的，寥寥无几。

首日，始终只有一位老先生，坐在沙发前排，专心致志地翻书。我心忖，他也许是图书馆管理人员。

晚餐后，老先生还守在那里，更增加了我的猜测。

次日，海上航行，天的茫茫覆盖着海的茫茫。图书馆热闹起来，都是和我年纪不相上下的老头儿、老太太，大概嫌房间郁闷，甲板嚣杂，聚到这儿，呼吸可嗅可闻而不可买卖的书香。

是晚，我借图书馆整理笔记。我之外，还有一位老先生。不是昨天见到的那位，年纪更大，头发更白。

谁都不说话，他看他的书，我写我的笔记。

两小时后，老先生依然没有离场的意思。我得撤了，我想到要写一篇游记，我喜欢躺在床上构思。

是夜，凌晨两点，翊州出去打开水。

问他图书馆是否还有人。

有，他说，一个老太太。

释然，不是那位老先生，他终于也撤了。

吃惊，接替他"岗位"的，竟然是一位老太太。什么样的老太太，在度假的游轮上，夜这么深了，仍然，待在图书馆看书？

第三天，发现泡图书馆的，都是老者。

第四天，感慨在图书馆流连的老人，一律着装整齐。虽然不像出席船长晚宴那样，恭而敬之地"正装"。以首日邂逅、尔后时常碰面的那位老先生为例，银发纹丝不乱，短袖、长裤、皮鞋，件件都像量身打造，浑然一体而又活力四射。

第五天，惊讶沉醉在书香里的老人，身材都保持得很好。似乎一跟书打交道，就等于进了健身房，不论男女，都秾纤得衷，修短合度。

是的，那些满甲板转悠的超级肥胖族，一个也没有在书架前出现。他们，请原谅我的一叶障目，他们留给我的典型镜头，就是手抓一个印有皇家加勒比标志的大号水杯（价值一百多、二百多美金，持之可免费领取游轮提供的十二种饮料），里面盛了可口可乐、雪碧之类，一边开怀畅饮，一边翻看手机。

第六天，我半夜醒来，睡不着，为了不影响翊州，跑到图书馆写笔记。在那儿碰到两位老者，一男一女，可能是夫妇，也可能不是，因为一个前排，一个中间，而且互不言语，形如陌生，让人难以定义。我选择后排，奋笔疾书。临了，打算回房，看到他俩像钉子那样钉在座位上，腰板笔挺,全神贯注,活像图书馆的某种象征。

  第七天,也就是今天,游轮从墨西哥的科苏梅尔岛返航。晚餐后,我去到图书馆,仍旧坐在后排,整理白日的见闻。末了,从挎包拿出一本中文书,堂而皇之地插上书架。

  我想用这种方式提醒船方,图书文种要为游客着想,尤其像我这种来自东方的少数游客。

  你问书的名字,对不起,我不便透露。

  ——不会是你自己的书吧?

  哪能呢?你想,出境度假,谁还会带着自己的书。再说,你看我像那种挖空心思、见缝插针、无耻推销自己的人嘛。

  我自有我自己的,也是民族的尊严。

贝聿铭和他的自传

月上中天,夜已深了。城市的灯火转为迷离,庭院的光影也陷于恍惚,往日在纽约家里,他应已坠入梦乡。

但这是苏州,是他在中国的根,而且是他即将动身返美的前夕——古云:"黯然销魂者,唯别而已矣!"那一年,他虚岁九十,这一别,"知离梦之踯躅,意别魂之飞扬",眼见"刘郎已恨蓬山远,更隔蓬山一万重"了。

无论如何,他睡不着。

他熄了卧室的灯,拉开窗帘,独自对着庭园出神。

园里有一湾池塘,塘中有睡莲,莲的尽头蹲踞着玲珑剔透的太湖石,石的背后耸立着翠盖斜偃的古松、铁干虬蜷的老柏,至远,是青青漠漠若明若暗的修竹——这究竟是真实的存在,还是刹那的幻觉?

亦真亦幻。

揉揉眼再看，池塘，睡莲，松柏，是真真实实的存在，太湖石，修竹，纯属自作多情的幻视——后者是从记忆中挪移来的，挪自他没齿难忘的狮子林。

狮子林，贝氏家族的狮子林，曾陪他度过一段欢乐的辰光。那是70多年前，他在上海读中学，暑假，屡屡前往老家苏州，依偎在祖父的膝下；也可以说，依偎在狮子林的怀抱。

铭心刻骨的，是狮子林的幽篁。潜意识里，他觉得自己就是一竿青竹。一九三五年，十八岁，连根拔起，越海渡洋，再落地时，已是异域的番壤。他在那儿扎根、拔节、展叶，吞吐西洋的风云，为了更好地回馈祖国的雨露。

同样铭诸肺腑的，是太湖石。难以想象，这些奇石的打磨长达数十年、上百年。他在一篇回忆里描述，石匠从山地取了材，把它们置于河水或湖水，任凭风侵雨蚀，波雕浪刻，直到既皱且漏，既瘦且透，一副仙风道骨，古韵盎然，才由本人或子孙收回，派作园林的点缀。

潜意识里，他觉得自己也是一块天真未凿的顽石，打从落脚美利坚，被置于不同的巨浸，且值激流的中心，迭经千冲万刷，千磨万削，砥砺成一块兼具东西方质感的

"太湖石"。

初返故国,是一九七四年春。身为建筑师,他在新栖地已扬名立万;在生于斯长于斯的中国,却还鲜为人知。他回到姑苏,回到狮子林,见到若干热络而又陌生的亲属。贺知章说:"唯有门前镜湖水,春风不改旧时波。"哪里,坐在湖畔的假山下,他想,斗转星移,物是人非。不,人非旧人,物也不是旧物了。这湖心的亭榭、岸边的草木、周遭的屋宇,乃至天空的云朵、水面的倒影均已换过,春风再也吹不起旧时波——不知他这竿归来的南竹,江南之竹,或曰这块久违了太湖流域的太湖石,又将被嵌于怎样的风景?

一九七八年,他重踏故土。面对在故宫附近设计一幢二三十层的现代化酒店的邀请,他婉拒。"我的良心不允许我这么做。"他说,"设想你缘紫禁城围墙向上看,入眼是一色金灿灿的琉璃瓦,再往上,就是高而敞亮的天空,中间别无障碍,一目了然,这就是紫禁城特有的尊严。谁要是破坏了这气场,就等于摧毁了这件无价之宝。我无法想象,如果耸一座高高在上的大楼,像希尔顿饭店俯视白金汉宫那样下窥紫禁城?"

聿(本义为笔)之为聿,铭之为铭,总归要在大地上做点文章。故宫附近不行,他想,那就另选别址吧。最终，敲定了香山：僻静，幽美，形胜。他力排众议，创建了"第三种风格"：既非全盘西化，也非一味仿古。依托了三件自然宝藏：两株一雌一雄遥相呼应的银杏树，一条夭矫迂回的溪水，以及云南石林古貌岸然的岩柱。推出他对"中国现代建筑语言"的探索：一幢"美哉轮焉，美哉奂焉"的园林式饭店。

一九八二年，香山饭店揭幕。有人认为其"很中国"，与期望中的摩登大厦相去甚远。西方的建筑师却推崇有加。一九八三年，他获得了被视为建筑业诺贝尔奖的普利兹克建筑奖，其颁奖词特别提到了香山饭店，说它"表现了建筑在文化上如何延续——不对过去横加批评，而是撷其精华，成就自我"。

反差，在于文化。而文化的渗透交融，需要时间——借用一句术语，建筑师雕镂的是时光。

他在国际上的影响力与日俱增。他设计的美国国家美术馆东馆，入口处墙壁上刻着他的签名，被观众摸得乌黑锃亮，恍若他已晋升建筑之神，摸他的名字会带来好运。而该馆独树一帜的创新，又帮他赢得了香港中银大厦、法国卢浮宫改造工程、日本美秀美术馆等一系列高光项目。

老家苏州，前后几任市长向他发出邀请，希望他为家乡增添一抹光彩。

他始终坚持一条：苏州的当务之急不是追赶新潮，而是古城保护。什么时候把水质治理好了，他就回去。

古城保护，改善水质，这都是一等一的难题。而苏州的古城保护工作，他就派儿子参与其中。顺便插一笔，他有三个儿子，分别为定中、建中、礼中，唯一的女儿取名莲——这正是他的"文化底版"。

杜工部诗云："江山如有待，花柳更无私。"

是啊，是啊，二〇〇二年，他八十有五，毅然从遍布世界的项目中抽身，接手打造苏州博物馆新馆。

是挑战，也是回归。始临现场，选址恰恰在拙政园、忠王府、狮子林之间。他曾感慨："中国园林就像是一个迷宫，置身其中，你很难一眼望尽，永远不能领悟全局。一进园林，你就会被美景吸引而驻足流连——这美景也许是一棵树、一块石头或者一隙光影。你漫步小径，或踱过小桥，沿着蜿蜒曲折的园路，永远步移景异……它关乎尺度、关乎散点透视，也关乎偶然——那种出人意料的欣喜。"

在他眼中，苏州像一座巨型博物馆，馆里散落着多个古典园林，而未来的苏州博物馆新馆既是现代建筑，又是传统园林，别无选择，只能是两者的融会贯通、发扬光大。

本着这种信念,他在擅长的几何造型和偏爱的钢结构之外,着重抓了三个符号元素:水、植物和石头。

"水不在深,有龙则灵。"何为龙?谓锦鳞戏浪,倏来忽往;谓莲叶田田,香浮波上;谓天光云影共徘徊。

花草树木不在名贵,在于应时应景。例,池边植桂,取其独占三秋压众芳;又例,从隔壁忠王府嫁接明代文徵明手栽的紫藤,取其悠远绵长。

石不在奇,在于为我所用,恰到好处。他构思的是"以壁为纸,以石为绘",壁指东侧比邻拙政园的粉墙,石是从齐鲁的野岭觅得,在粉墙前砌成假山,形如一幅立体的"米家山水"。

二〇〇六年十月六日,农历中秋,苏州博物馆新馆正式对外开放。在回答众人的询问时,他打了一个比喻:"苏州博物馆是我的小女儿。"既强调它的"最小偏怜",亦暗示乃自己的收山之作。

而现在,夜静更深,万籁俱寂,唯独自己的心音反而格外清晰,听,一声又一声,似低沉的鼓点。鼓点啊鼓点,随着他的思绪,落在黄河之北,落在长江之南……朦胧间,像车头的反光镜倒映的那样,他看到香山饭店在远去,香港中银大厦在远去……啊,白天刚刚揭幕的苏州博物馆新馆,这座倾注了他生平最多心血的反哺之作,也行将快速离他而去。

"不,它们永远不会离去!"他忽然脱口而出。倒吓了自己一跳。

"建筑,是自个的分身。"他喃喃自语。

"即便将来物化,魂魄也会寄寓其中。"仿佛和谁辩解。

今夜,嗨,偏偏是今夜,怕是要失眠的了?他想。

失眠就失眠,在这中秋的良宵,在这血脉之源的苏州,在这列祖列宗歌于斯啸于斯铭于斯的家国,纵然无寐,也是一番清醒彻骨的享受。他又想。

未来,无论在何处,倘若再有人问到苏州博物馆新馆在我心目中的地位,我就明确回答:"它是我重新扎回故土的根。"

或者,换个洋派的说法:"它是我的一部自传。"

借 光

傻瓜都知道这是一桩苦活：出差在深圳，香港的沈先生托我为同事周公捎回一批古典文学名著，不是三部、五部，七部、八部，而是多达二十五部，一色的大字足本，精装巨制。沈先生拿它装了整整一个大纸箱，少说也有七八十斤！

我却为突然短暂拥有这二十五部名著，而激动得心弦颤抖。这都是祖国古典文学的瑰宝啊！多少年了，我一直想全面通读一遍，但囿于忙忙碌碌、琐琐碎碎，始终没能如愿。现在，有这二十五部皇皇巨制交在我的手里，岂不是天赐良机？

当晚，送走沈先生，我便迫不及待地打开纸箱，好一阵乱翻，不管三七二十一，先饱饱眼福再说。翻遍了，翻够了，就挑出一部《醒世姻缘》，打算从头读起。没翻两页，又放下。再挑出一部《金瓶梅》，没翻两页，依然放下。想了想，最终选定一部《三国演义》，拿在了灯下细读。

现在说说公务上的事：来深圳已有三天，一应采访基本结束，原定明天去珠海，后天去中山，然后取道广州回京。谁知——你都看到了的——自打收到这一纸箱书，一股烈火般的读书欲就在心头乱蹿，不似情欲，胜似情欲。我只好取消珠海、中山和广州之行，发誓哪儿也不去，就待在宾馆，闭门读书。

四天内接连读了五部，分别为《三国演义》《隋唐演义》《镜花缘》《醒世姻缘》《清宫十三朝》，收获是很不赖的了。第五天打道回京。八点多的班机，我一早就赶到机场。哪知北京大雾，飞机无法起飞。那就只有在候机楼耐心等待了。午前挨到午后，午后挨到傍晚，乘客们急红了眼，一个个都牢骚满腹，怨气冲天。而我，则趁机潇潇洒洒地浏览了一部《乾隆游江南》。待到班机起飞，在将近3个小时的高空旅行中，又心舒意畅地扫描了一部《官场现形记》。

回到京城，且不忙和周公联系，又花了两天时间，狼吞虎咽地速读完三部。算一算，前后已读了十部。心里正在编派说词，如何向周公告借，把尚未开读的十五部书再留得一留？有消息传来，周公一家将于后日离京，回江南老家过春节。真正的大喜过望，这下不用急着归还了。节前节后，至少有半月，我还是这箱书的主人。于是，我拟定了详细的阅读计划，规定今天读何书，明天读何书，后天又读何书，力求在"完璧归赵"前，把这二十五部书全部读完。

这真是一股疯狂的冲动。回想既往的读书经历，只有两个时期可以勉强与之相比，一是中学毕业前的备战高考，一是三十五岁时备战考研究生。有读者要说了：你那是为着前途，在决定命运的关键时刻，作浩气盈胸的一搏。现在呢？现在你又是为了什么？

真的，现在我又是为了什么？如果面对的是稀世的孤本、秘本，又当别论，如果以前压根儿没见过这类书，也当别论，可这都是些平常又平常、普通又普通的名著呀！凡受过高等教育，不，中等教育的国人，照理都不会陌生。拿我来说，早在上小学时，差不多都读过的了。有的还读过不止一遍。更有一些，我本来就有，像《水浒传》《西游记》《红楼梦》《聊斋志异》《今古奇观》，几十年来，一直是我书架上的常客。

不可思议，难以理喻，我竟然是如此饿虎扑羊般地把沈先生送给周公的书，拿来猛读。一边读，一边就觉得是一种无上的享受。那些过去了的、过去了的情景——在故乡，在小学，躲在禾场上的草垛里读《封神演义》《西游记》，立在新华书店的书架前读《镜花缘》《儒林外史》，映着如豆的煤油灯读《西厢记》《红楼梦》的片段，又联翩奔来眼底。同样是读，当年的囫囵吞枣、猎奇逐艳，与今日的抉幽发微、感从中来，自然又大不一样。世事难得回头看，好书也更是难得回头看啊！

合上第二十四部书的扉页，纸箱里就只剩下一部《小五义》还没有翻动了。几番拿起，又放下。并非因为太累，也并非因为那年在军垦农场锻炼时无书可读，把偶然得到的一部《小五义》拿来反复把玩，熟得不能再熟。而是，而是自觉拿梁羽生、金庸等辈的武侠小说相比，前人的写作技巧实在粗疏，以致提不起阅读的兴趣。然而，最终，我还是一鼓作气地把它读完——我不想留下任何缺憾，虽然自己也说不明白到底什么是圆满。

蓝天上的虹影

一、伊莎多拉·邓肯

"我听见美国在歌唱,我听见各种各样的歌……"这是诗人惠特曼的感悟,伊莎多拉·邓肯从中受到激励,当她在舞台起舞,仿佛"看见美国在舞蹈,高踢的一条腿掠过洛基山的峰峦,展开的双臂伸向大西洋和太平洋,美丽的头颅耸入云霄,戴着缀满星辰的皇冠"。

美,源于观察,源于自然和社会的启迪。邓肯生长于海边,她叙说自己幼年的舞蹈概念,就是得自海浪的奔腾起伏。稍长,云卷云舒,花开花谢,鸟飞鸟翔,都汇入了她的艺术视野。那年初闯巴黎,她天天去卢浮宫,一待就是几个小时,她那喷射着饥火的饕餮目光,让管理员起了疑心,她只好比画着跟人家解释:我别无他意,请原谅,我是研究舞蹈的。初次访问佛罗伦萨,她花了几个星期逛美术馆;在波提切利的油画《春》前,她干脆坐定不走,直到自己也融进画面,化作一朵随风绽放的鲜花。初次游览雅典,迫不及待想朝拜的,是巍峨庄严的神庙,当她拾级而上,站在圣殿前的一刻,她形容自己:"感觉生命像衣服从身上一件件剥离,仿佛魂游地府,经过漫长的屏息敛气,重新获得生命,睁眼打量这个陌生而又圣洁的世界。"

这些都属于形象思维的互借,触类旁通,心领神会,亦如她从贝多芬分享雄浑的旋律,从罗丹分享雕塑的神韵。让我深感意外的是,她还善于从哲学汲取营养。她说,曾经有一段时间,"每次,结束了令观众欣喜若狂的演出,回到家里,我就会换上白色舞衣,冲一杯牛奶放在桌旁,仔细阅读康德的《纯理性批判》。"而过了一段日子,她又迷上叔本华和尼采,她说:"第一次阅读叔本华,就为他揭示的音乐和意志的关系深深折服。这种德国人所说的神圣思想,好像把自己带进了一个超凡入神的世界。"而尼采,她认为正是他"孕育了舞蹈的伟大精神",他是"世界上第一位舞蹈哲学家"。

爱情和艺术,是构成邓肯生命的两大元素。她坦承自己曾陷溺于爱欲,"若有人指责我,"她说,"就请先指责造化或上帝吧,是他们把这一时刻设置得比其他任何经历都要妙不可言。"但在实践中,"因为艺术要求苛刻,要求毫无保留地奉献一切。而女人一旦陷身热烈的爱,就会心甘情愿地放弃其他一切。"既然鱼与熊掌不可兼得,那么,经过痛苦抉择,她只好放弃爱情,"把整个生命都献给缪斯"。

伊莎多拉·邓肯没有读过几天小学,也没有经过专业培训,就舞蹈来说,是百分百的无师之徒。她敏于时代感应,具有天生的创新精神,她大胆突破芭蕾舞的矫揉僵硬,创造出自由奔放的现代舞。她把这比喻为一场革命,既是艺术的,也是性别与人性的解放;她的崇高理想,就是用自己的形体语言,复活惠特曼的美利坚!亚伯拉罕·林肯的美利坚!

二、海伦·凯勒

摊在我案头的这篇邓肯传记,题目叫《爱与自由》,它与海伦·凯勒的《假如给我三天光明》、居里夫人的《我的内心独白》,合并为一本专集,总的名称叫《最伟大的三大女性自传》。

我是按编辑次序首先读完海伦,内心受到强烈的震撼。海伦的印象如刀镌斧刻:她一岁半失明,兼且失聪,看不见，听不见，当然也不会讲话。按常理判断，完全一个废人。但是，在莎莉文小姐的调教下，她不仅学会了骑马、骑车、下棋、游泳、划船，学会了讲话、讲演、戏剧表演，还掌握了英、法、德、拉丁、希腊五种语言！（亲爱的读者，你掌握了几种？）想想就叫人头晕。

你难以想象她是如何克服困难的。譬如说学习讲话，学话先要学发音，二十六个字母，从A开始，一般幼儿是跟着大人，牙牙学语。她呢，因为听觉、视觉失灵，只能靠触觉，她用手指摸索老师的喉咙与嘴唇，感受发音器官的微妙运动，然后作想当然的模仿。盲人摸象，难免差之毫厘，失之千里。失之千里怎么办？再摸，再模仿，翻来覆去，经天累月。直到口舌生茧。直到中规中矩，合辙合韵。

海伦·凯勒凭其超人的意志，硬是把不可能变成了可能：她不仅学会讲话，学会听话（把手放在别人的唇上），学会听琴（把手搁在琴弦），还练出一手好文章，其构思的精巧，感觉的灵动，词句的优美，令不少专业作家相形见绌，自愧弗如。为此还闹出误会，她的第一篇文章，因为太超常了，太不可思议了，世人啧啧称羡之余，谁都不相信这是出自一个双料残疾人之手。尽管有了解她的马克·吐温出面做证，还是驱散不了狐疑。好在海伦新作源源不断，每一篇都石破天惊，不同凡响，终于以响当当的实力，令世人刮目相看。

海伦一生共出版十四部专著，她的作品被译成五十多国文字，风靡世界。好莱坞把她的事迹搬上银幕，邀她担任主演。哈佛大学赠予她名誉学位。美国政府认可她是全美最杰出的三十位人才之一，由总统亲自颁发"自由勋章"。联合国发起"海伦·凯勒运动"，旨在帮助世界各地的聋盲儿童。美国海外盲人基金会颁发"国际海伦·凯勒奖金"，用以开拓、健全盲人的公共事业。

马克·吐温一直关注海伦的成长，他说，十九世纪有两个奇人，一个是拿破仑，另一个就是海伦·凯勒。

读罢海伦·凯勒传记，不由你不拍案惊奇！不由你不血脉偾张！然而，掩卷回味，我并没有感从中来，思如泉涌，把她写进我的散文——这年头写作愈来愈难，好的构思都叫旁人穷尽，有时煞费心机也捕捉不到一个鲜明而独特的意象。直到接下去读了邓肯，读到她的"美国在舞蹈"，这才眼前一亮，恍悟我们伟大的海伦，也是一个把飘逸的舞姿印在蓝天的精灵。

那样的霓姿虹影不是谁都能够创造，但却是人人得而仰观，得而神往。

三、玛丽·居里

最后阅读的，是居里夫人的独白，由于有了邓肯和海伦的先入之见，我的耳畔，始终飘荡着舞蹈的旋律。

老实说，玛丽·居里这样的女性，纯粹是为了科学来到人世的；不到二十岁，她就确认了人生的大目标："我是谁？我在这儿做什么？"她不断提醒自己，无论如何，我一定要"成为一个重要人物"！

玛丽·居里出生在波兰华沙，十六岁中学毕业，当了七年家庭教师，二十四岁，怀揣微薄的积蓄，前往法国巴黎闯荡。然后就一直在那儿读书、结婚、生子、从事科研，直到功成名就，蜚声世界。

巴黎是一个五光十色的漩涡，崇尚唯美，沉湎交际，其色彩定格，就像雷诺阿的《红磨坊的舞会》。玛丽·居里不属于巴黎的舞榭歌台，她在那儿度过了两个"伟大突出而勇敢无畏的时期"，每个时段都长达四年：一是作为穷苦的留学生，租住在一间狭小而寒冷的阁楼，尽情遨游知识海洋；一是和丈夫皮埃尔·居里携手，利用一间废弃的工棚，完成当时世界上最伟大的实验：从沥青铀矿提炼钋和镭。关于这间工棚，他们的女儿艾芙记忆尤深，她说："这棚屋只有一个好处，它是那么破旧，那么不引人注意，因此，不会有人想到不许他们自由使用。"居里夫人对那段日子也刻骨铭心，她写道："最辛苦的莫过于从沥青铀矿提炼镭，我不得不抱着和我体重不相上下、与我身高相仿的大铁棒，不停地搅拌沸腾的铀矿。一天下来，不等工作结束，我就累得瘫倒，一动也不想动。"

曾几何时，诺贝尔奖代表至高无上，谁有幸获得一次，他（她）就攀上荣誉的巅峰，而居里夫人，先后获得两次，她是如何看待这一殊荣的呢？作为自白，她不会渲染自己的高尚与自持——譬如把奖金赠送给科研事业和客居的法国，把奖章送给小女儿作玩具——她只是委婉表示，出名之后，最害怕的就是记者的采访，"虽然他们并无恶意，出发点都是好的"，但是，毕竟影响了工作。

爱因斯坦说："居里夫人是唯一没有被荣誉腐蚀的人，她的品德力量和热忱，哪怕只有一小部分存在于欧洲的知识分子中间，欧洲就会面临一个光明的未来。"

啊，把这样一位天使级的科学家比作舞者，是否是一种亵渎？不，凡天使都是舞者，都是上帝沙龙的嘉宾。而伟大的生命降临尘世，他们的所作所为，极而言之，莫不是引导世人摆脱尘网的束缚，努力提高，升华，飞舞，向着辉煌的天国……

读者的风景

文化人的生命图谱中,读者与作者的经纬总在悄然转换。前者如春蚕啮桑,摄取日月精华;后者若破茧成蝶,点缀金秋世界。

我在知命之年从文,对于我,这不仅是职业的改弦易辙,更像是老树茁发新枝。三十载春秋过手,若论最先得到认可的,当属《北大三老》。

一九九五年早春,在燕园:张中行先生披着青灰长衫绕未名湖散步,金克木先生边瞧电视上的围棋比赛边跟我海聊,季羡林先生在阳台改装的小书房伏案,我伫立屏息,不忍近前打扰。拙文见报,与三位先生续缘。张老满面春风:"我到处打听,不知你是谁。"金老眯缝着细眼:"我俩随便聊的几句,被你化成了锦绣,你应该去写小说的，自由度更大。"季老独指文末："'愿作先生窗外的一株树'，此句可入《世说新语》。"大师的激励如古砚余墨，至今洇染在记忆的宣纸上。

二〇一〇年，追寻饶宗颐先生去敦煌的步履，更如佛窟中乍现的灵光。是时，我撰写《寻找大师》，计划以饶公开笔。既是寻找，当然包括拜谒他本人。但饶公住在香港，路程遥远，加之年迈，拒见生客。正搔首踟蹰、一筹莫展之际，忽得信息：是年八月八号，饶公将去敦煌庆祝九十五岁大寿。这就天助我也。话说八月七号，我登上飞往敦煌的班机。次日，在祝寿活动现场，如愿以偿见到了老人家。所谓如愿以偿，包括握手、照相、讲话。人潮汹涌，众星捧月，我只来得及向老寿星说上一句：

"我是季羡林的学生，从北京来看您。"

饶公握了握我的手，从喉间逸出一声悠长的"哦——"，似欣慰，也似喟叹。

事后，我在某校讲演，拎出这则花絮。"您就说了一句？"有学生起立发问。

"就一句。"我老实承认。

"饶先生就答了一声'哦——'？"

"是的，就一声'哦——'。"

"您怎么去的？"他皱起眉头。

"坐飞机啊。"北京离敦煌两千多公里,那时没通高铁。

"请问机票能报销吗?"他问得干脆直接。

"我是自动跑去的,饶公没有请我,也没有谁派我,机票我还留着,"我冲他笑笑,"你有给我报销的地方吗?"

全场顿时笑成一片。

看得出,学子们很难理解,千里迢迢飞去,花费大把大把钞票,见了面,就握个手,说句话,对方也就答了声"哦——"。这叫"寻找大师"吗?这见面跟不见面又有什么区别呢?

哈哈,区别大了去了。见之前,饶公离我很远很远,仿佛在另一个世界;见之后,饶公就变得近在咫尺,任何时间,任何地点,一念心驰,于抬头、转身之际,准能感受到他灼热的呼吸,看到他矜持的微笑。

与读者的因缘更似敦煌壁画中的飞天,总在不经意时飘落人间。

二○一五年,某位中学老师来访,甫落座,双手递过一册《岁月游虹》。这是我一九九七年的书,以为让我签名,掀开扉页,上面已有我的签字,是送给一位大学生的。

"我在旧书网上淘的。"他解释。

"啊,这位已移居海外,书他用不着了。你是让我改签吗?"

"不,我今天来,是把它还您。此书网上脱销,估计您也不剩几本。"

"那倒是……不过,看来你是喜欢的,否则不会上网淘,还我,你不也没了吗?"

"我有。"他满脸放光。

"你有什么?"我大惑不解。

"电子版,"他说,"我把文字输入了电脑。"

这是项先进技术。"太好了!把电子版给我一份,书你留着。"

"不,电子版给您,书也给您,"他郑重起来,"今天登门,就为了一个仪式,完——璧——归——赵(他一字一顿)!"

我不禁肃然起敬,为他的完璧归赵,以及不让古贤的高士风度。

二〇一八年,在盐城签售《北大与时间之外》。活动结束,见到我的一位远亲,手里捧着一摞书。按她要求一一签名,剩最后一册,她红了脸,嗫嚅着,迟迟不开腔。

"这本是给你自己的了。"我笃信无疑。

她低下头，羞涩地说："不，这本留给肚里的孩子。"

"孩子？"望了望她微凸的腹部，"有名字了吗？"

"没有，爸爸说，您是起名行家，名字也要您定。"

我一笑："那是未来的事，等宝宝出生后再说。这书先签给你，孩子上学，再转送他，也一样。"

"不一样，当年您送给爸爸的《长歌当啸》，后来归于我，感觉那书永远是爸爸的。"

"嗯……"那一瞬，从她眸中闪烁的火花，直觉这不是寻常意义的签书，而是一种大树对种子的祝福，飞瀑对溪涧的寄语。

"好！"我说，"这本还是签给你，到时候，你把宝宝的生日时辰告诉我，保证起名、签书两不误。"

这是前不久的事。一捆《从私塾到北大》寄往南京，快递小哥不慎损坏一册封面。怎么办？他上网重购了一册，作为赔偿。

他把残书取回。

摆在床头，似失职的嘲笑？

哪里，他看作意外的奖励——突击三个晚上读完。

事情到此可以画句号。不，他有回忆的丝要织锦，他有幻想的虹要垂天，他有诗要吟，有歌要唱，有把一颗心掏出来展览的冲动，奈何周围无人可以分享，就回头找客户，帮他加我的微信。

于是知道了他幼时痴迷诗歌，中学爱上戏剧，大学热衷创作网络小说，心头始终燃烧着作家梦。为了尽快就业，加入快递行列，他不认为这是大材小用，他说去过东南亚，见到的导游多的是大学生。

他还说："亏了把封面损坏，这才有机会读到您的书……"

我回复他："其实我俩一样，都是干的快递活。你负责投送实物，我负责投送精神。你是我此书歪打正着的最佳读者。"

雪 冠

老人头顶为明月，为银发，座下为阳台，为疏影；明月虚悬在中秋的玉宇，银发灿烂在八十六岁的高龄，阳台在了第三楼，疏影在了书斋之南、纱窗之北。

如约，我是于黄昏后来到老人的寓所。彼时月儿已升上东天，朗朗浪浪的清光泼满了阳台；投映于嵌在北壁的巨幅明镜，左右遂浮现两处书斋，两位寿翁侧影，两窗溶溶月色。

"你是准备了好久的。"老人今晚的兴致显得很好，欣然问我，"说吧，说说你最想问的是什么。"

"评论家们十分推崇您的著述，尤其称道您数十年如一日的苦心孤诣，为弘扬中华文化作出了巨大牺牲。但是，据说您曾对弟子讲，那都是一厢情愿的瞎猜。并且声言，在这世界上，真正吃透您创作动机的，只有一个人。您能否告诉我，什么才是您著述的动力？谁又是您唯一的知音？"

"这……"老人转入沉吟，"假如我要求你不得公布真名呢？"

说罢，老人仰了头去望明月。头顶的银发，在月色下更见其灿烂晶莹，俨然一顶雪冠。

"行，绝对遵守。"

"说出了怕要使你失望。"老人用手去扶眼镜，镜片，正映了两轮古色古香的圆月。

"你有过初恋吗？初恋，一般都不会有什么结果的，而我却有，"老人一字一顿，"我的这些成就，都与它有关。"

"这么说，您太太，就是您的初恋对象了。"

"不是。"老人回答得很果决，"那是最终的婚姻，不是初恋。初恋很美，它就像今晚的明月，既古典，又浪漫，既古老，又青春。

"我的初恋是在故乡，是在太湖边那个小桥流水的集镇。对象是邻居的一位女子。谈不上青梅竹马，两小无猜倒是实实在在的。自小常在一处玩耍，心就往一地生了根。若不是之后镇上突然来了一位洋学生，我是一定要娶她为妻的呢。

"你猜得对,那位洋学生最终娶了她。她的父亲——我曾期待成为岳父的长者,托人传话于我:人家是学贯中西的博士,你是什么?

"女子本人的态度嘛,唉……不说也罢。反正,她是跟着那洋学生去了上海。我想想看,那是1928年底,她走的那天,落了好大的雪,镇头的一棵老槐树都被压折了。

"自她嫁后,我在家乡就一天也待不下去了。不久,我也出走上海读书。而后又跟着她迁居的脚步,转来北平谋事。我发了狠心,几十年如一日地埋头做学问,实际上,实际上(老人的瞳仁深处也喷涌出两轮明月),就是想通过生命的超常释放,让她强烈感知,我也是生活在这个城市。我俩呼吸的是同宗的空气,饮的是同源的水。

"是,是有点像单相思。若干年来,走在大街上,每见到娇小玲珑的女子背影,我总疑心那就是她,而发脚追上去,瞧个究竟的哩。不怕你笑,前些日在美术馆看画,偶然瞥见一个倩影,我的心就怦怦跳,仿佛犹生活在故乡小镇,生活在青春年代的梦里。这么多的岁月都流走了,我从来没想过她也和我一样,头上会生白发,脸上会起皱纹,牙会落,背会弯。在我的心目中,她是永远不变的江南少女。

"是的,她仍健在。她的丈夫,那个当年的洋学生,倒是在早几年就故去了,报上发了讣告的。"

"那么,您是否想再跟她见一面呢?"

"不,不。"老人大摇其头,"我这大半生,都是在她嫣然一笑的回眸下走过来的。今生,她是我中秋的明月,回忆的鲜花,生命的女神,学问的缪斯。如今,在这把年纪,在这种份上,倘若再要见面,只怕一切美而且纯而且神秘的心影,都要跌个粉碎了;只怕我有生之年,再也做不来学问了。我这又是何苦来哉?!"

我恍然。相对无言中,老人抬头又去眺望中秋的明月。眼镜片上就又映照着两轮皎月。左眼的一轮,该是隐着少女时代的她了;右眼的一轮,该还是隐着少女时代的她。左右两轮皎月拱卫着的,则是头上一顶温柔圣洁的雪冠。

少女的美名像风

说到街心公园、小镇,你不会怦然心动。告诉你小镇万山环抱,这你就要考虑考虑,看看究竟是什么性质的山,什么性质的镇。再告诉你万山丛中的小镇行将迎来建镇八百周年,啊,啊,这下你来了精神,在哪儿?在哪儿?八百周年,小镇,够沧桑!够经典!这种大特写,美国没有,欧洲稀缺,即使在咱中国,在历史感如黄土高原沉积、如寿星老儿额头皱纹堆积的中国,也是屈指可数,可遇而不可求。人间胜境,盛会华典,缘不可错,机不再来!假若你有探幽访胜癖加写作癖,如我,相信你马上就会找出旅游地图,在大致的目标方位圈圈点点,然后拟定路线,联络文友,准备不日登程。

但是有人比你捷足先登。谁?京城的一位工艺美术大师。大师应古镇之邀，前去帮他们建一座雕塑。关于雕塑的设想，古镇方面说了但说得极其形而上，他们提出：既要能反映古镇人世世代代美好的愿望，也要能象征古镇今日朝气蓬勃的青春。

大师毕竟是大师，他经过一番深入采访，反复认证，很快就贴近古镇人的脉搏。作为地点，他选择了街心公园；作为构图，他设计好一位少女。注意，不是那种高鼻深目、丰乳肥臀的西洋造型，也不是那种蛾眉樱唇、娇小玲珑的古典闺秀，而是一位要多健美有多健美、要多清新有多清新的村姑。这姑娘就地取材，不，我是说这模特儿就地取材。大师那天去仙霞岭采风，他一眼就看中了在悬崖采药的少女。这女子十六七岁，长得端庄而大方，山月和山花的色彩，山岩和山泉的线条，都在她的身上得到完美体现。塑像完工的时候，镇领导的啧啧赞叹，让塑像原本青春的脸庞更加青春，原本动人的身姿更加动人。他们说，想不到山洼洼里还有这等标致的女子。他们又说，她是月神，她是百合花，她是巩俐她妹，她是……她还是什么？可叹他们想象贫乏，语汇短缺，挑不出更多的形容词。末了，唯有耸肩摇头，张口结舌。

古镇欢度八百周年诞辰，会场别无选择地设在了街心公园。庆典的重头戏之一，就是塑像揭幕。那天，四乡八镇的百姓都赶来看热闹。出席典礼的，还有地区与省城的头头脑脑，以及京城方面的公众人物。这些公众人物，说出来都大名鼎鼎，哪儿有他们身影，哪儿注定就蓬荜生辉，阳光灿烂。然而，这次他们却集体领教了啥叫冷落。不是主人招待不周，而是少女的光芒太耀眼。少女作为嘉宾列席，一举一动都牵引着观众的视线，学生娃子争着请她签名，上年纪的含笑邀她合影，更有一拨远道而来的商人，以他们猎犬一样的果断进击，纷纷亮出高价，引诱少女走出穷乡，到山外去征服更多的人心。

少女的机缘来了。站在大理石砌就的台阶上，万紫千红在对她微笑，她也微笑凝视那万紫千红。人说，女儿的青春如花，美貌如花，命运也如花。人说，花季之后紧跟着是雨季。而今，花开了，雨也来了，透明而又凉爽，淅淅沥沥，是甘霖。她，理应仰脸承接。塑像是广告，商人是顾客。塑像是通行证，商人是桥。既然你已勇敢地迈出了第一步，就不妨把道路向前延伸。成功就是把一做成二，把茧抽成丝，大成功就是大抽丝，无限成功就是无限抽丝。面对新的诱惑，少女表现出了传统的矜持，以及戒备。她是担心，万一遇上陷阱，不可测不可抗的陷阱。再说，祖宗也没有赋予她一而再、再而三的冲动。唉，她是光开花，没坐果，空有机会，没有良缘。于是，庆典结束，华丽谢幕，少女仍旧回到她的山村，守着从前的模式过活。

从前却再也回不来了。塑像立在了街心，也立在了世人的心上。少女的美名像风，迅速刮遍远近，刮得青山更翠，刮得樱桃更红，刮得泉水更清。然而，风刮大了，果实就会摇落，刮得久了，鸟儿也会感冒。待最初的一阵兴奋退潮，冷淡就应运而生。冷淡是冷漠的姐妹，冷漠又和反感结邻。反感出场，正戏就开始反唱。先是，邻家的妹子说少女根本就没有那么漂亮，是她疏通了雕塑家，雕塑家便不负责任地把她美化。随后，一个追求她而不得的后生放言，雕塑家本来看中的是邻村的一个女子，是她拉拢了镇上的某要人，结果才变成"狸猫换太子"。再随后，各种流言蜚语，幕后新闻，犹如黄昏里的蝙蝠，在村庄上空肆意翻飞。

流言传到镇上，人们也一改以往的艳羡，开始戏说她的"野史秘闻"。这中间绝对没有鸿沟，也不存在几多恶意。他们只是在茶余酒后，拿她来润润嗓子，濡濡肠胃。

弄到后来，连最亲最近的家人，也对少女侧目而视。仿佛塑像的存在，不再是为古镇提供一种青春的焰火，希望的蓓蕾，文化的沉淀，美的旋律，而成了……成了他们万难承受的耻辱柱。

你可以想象,安宁、淳和的日子永远离少女而去。少女并不知道问题究竟出在哪里,只感到流言像一面巨大的磨盘,压得她终日抬不起头、直不起腰、喘不过气。以往单纯而又明净的女娃,敏捷似猿猴、勇猛似猎豹、热情似山鹊的女娃,日益变得沉默寡言,郁郁不乐。

　　辛巳年秋日,我跋山涉水来到这座古镇。我来迟了。盛筵已散,花事已残,少女的名字触舌不再芬芳。有人告诉我,美貌非凡的少女不幸患了精神分裂,整天把自己关在屋里,拒见外人。也有人告诉我,不是那么回事,只不过少女感到在当地已难以生存,如今已躲去外省,在一个鲜为人知的小镇打工度日。

　　淡月下,我寻到那座街心公园。夜气如泗,风凉似水。少女扬起的手臂在设疑,像托着一个巨大的问号。恍然,环视曲径两侧,草坪凝露为霜,花朵没精打采,竹林收起生机,撒下一片迷茫。稀疏的灯火如惺忪睡眼,四周的屋宇耸成叠嶂,墙壁如悬崖,屋顶如山脊。而稍远,那些在黑暗中蹲伏的峰峦,冷冷,森森,和天空勾结成一体。更远,一列锯齿形的山梁后,隐隐,躲着几粒星子,探头探脑,仿佛在窥伺人间的动静。

双梦记

《天方夜谭》叙述的故事：开罗有个大富翁，性喜仗义疏财，久而久之，把偌大的家产散尽，只剩下一座祖传的院落，不敢再动，日常便靠打工谋生。一天晚上，他因为白天干活太累，躺在自家花园的一棵无花果树下，迷迷糊糊地睡着了。梦中，他见到一位衣衫湿透的男子，从嘴里掏出一枚金币，冲他一亮，说："你的好运在波斯的伊斯法罕，赶快去找吧！"这人记住了梦中的话，第二天早晨，他一起床，就毫不犹豫地动身上路。途中经历千难万险，好不容易抵达伊斯法罕。进得城，他见天色已晚，就寻了一座清真寺的天井暂且栖身。当天夜里，恰逢一伙强盗借道清真寺，打算洗劫旁边的民宅，脚步声惊动了开罗客，他高声呼救，寺院旁的邻人也被惊醒了，一起大喊救命。喊声唤来了巡夜的士兵,强盗见势不妙,慌忙越墙逃跑。士兵搜查寺院,在天井发现了形迹可疑的异乡客,不管三七二十一,上去就是一顿狠揍。开罗客昏迷了两天两夜,才在监狱里醒来。一位长官亲自提审:"你是谁?是从哪里来的?"他如实禀告:"我叫穆罕默德·艾尔·马格莱比,我从遥远的开罗来。"长官追问:"这么大老远的,你跑到波斯来干什么?"他哭丧着脸回答:"有人托梦给我,说我的好运在伊斯法罕,叫我赶快来找。我来了,谁知等待我的竟是莫名其妙的一顿暴打。"

长官听了他的叙述,笑得直不起腰。"鲁莽轻信的家伙啊,"长官说,"我三次梦见开罗城的一所房子,房子后面有个日晷,日晷后面有棵无花果树,无花果树后面有个喷泉,喷泉底下埋着宝藏。我根本不信那个鬼梦。而你这个骡子与魔鬼生的傻瓜,居然叫一个梦骗到千里之外。听着,这里有几枚钱币,拿去做路费,赶紧回你的开罗,可不要让我在伊斯法罕再碰到你!"

他拿了路费,星夜赶回自己的家,果然在自家花园的无花果树后,喷泉底下——也就是长官梦见的那个地点——掘出了宝藏。

嘻嘻,幸运儿和蠢人的区别在于,前者的梦,恰好衔接了别人的梦,而后者,压根儿就不相信美梦还会成真。

烟云过眼

生平爱读，读书，读画，读人，读戏，读日，读月，读山，读水，诸情之外，更有一好，读云。你要是跟我一起待个新疆腹地的大漠，入夜，看我怎样独处在空空落落阒阒寂寂的招待所，推开南北四扇长窗，瞪圆期待的双眼，搜索，在灯火难见一粒，虫鸣难闻一声，连鬼火也难见一闪的旷野上，搜索生命的痕迹；而白天，看我怎样酷立在公路边的一株疏杨下，透过稀稀拉拉摇摇欲坠的叶片，仰待，如泰山之候日出，苦旱之望云霓，仰待烈日下哪一方水汽凝而为云，哪一朵云彩化而为羽翼，为白衣，为苍狗，便知我之于云或云之于我，是如何地相契相得。"黄沙碛里客行迷，四望云天直下低。"云是高邈，云是生动。粗读见其悠闲，细读见其诡谲，横读见其广袤，纵读见其深邃。读云,如读人生,读野史。

读云,也并非仰待就得的易事,尤其是久居京城。1000多万人呼吸其间、踢踏其间、奋翼其间的大都市,自然是人气鼎盛而尘埃飞扬,常年里红尘滚滚,不,灰尘蒙蒙,在城市上空网下一道恼人的雾障。灰因其中,在我,岂但肺叶跟着受累,连向云海漫游的乐趣,也几乎被扼杀。为了疗饥,常常一个人跑去西山,向都市外的浮云,放纵一番望眼;甚或,躲在郊区的某处密林,搜听,搜听过路云雀的颤音。觅不到"晴空一鹤排云上"的诗情,能听一听云雀的丽歌,至少也是个安慰。

都市读云,也不乏快乐的记录。去秋的一个傍晚,我从通县(今北京通州区)回城,车行至三元立交桥,正值一场豪雨初霁。猛抬头,迎面一大幅晚霞铺天盖地挂起。仿佛天庭在召开盛大的庆典,所有的光帜霓旌凤驾鸾辇云涛风帆,都从匿身的山岫涌出。我忙请司机在不远处的道旁停车。就那样一脚踩着车门,一脚踏在水泥地面,痴痴地,痴痴地翘首凝神。没承想眨眼工夫,身后便拢来一大片行人,也一律地仰了脖颈,向天空张望。你道他们在看什么?看……云?心下正在纳闷,忽听公共汽车上有人大呼:"哥们儿,看啥哪?"便有一后生回答:"飞碟!刚刚闪过头顶。"我闻言为之绝倒。这都市的世纪性幽默,而后伴我度过多少寂寞的黄昏。

　　说起快意的读云，还要数乘飞机出游。情形和地面正好相反，你无须仰了脖颈，倒是要俯瞰，即文学作品里常说的那种鸟瞰。云虽然擅于爬高，无奈到了海拔3000米左右，也就到了极限。飞机这种钢铁的大鸟，却可以升得更高，更高。坐在机舱里，如果你恰巧靠近窗口，那么，你既可以静心感悟庄子笔下"鹏之徙于南冥""怒而飞，其翼若垂天之云""抟扶摇而上者九万里"的磅礴，也可以尽情浏览，浏览一路迢迢相送的云彩。王安石说"不畏浮云遮望眼，只缘身在最高层"，那是指摆脱飞来峰下乱云的干扰，目光射向天外。而我，每当从飞机上向下看，倒宁愿有浮云来障碍视线，因为那样一来，下界就愈显得遥远和神秘。

　　在连嶂竞起群峰耸翠的山地上空读云，你会惊讶稼轩公"我见青山多妩媚"乃神来之笔。绿是山的广谱，在阳光的激射下，有一簇树冠，就有一蓬荧荧熠熠的绿焰。这绿焰落在峰巅，便燃起鹅黄嫩碧，落在峰腰，便燃起茫茫苍苍，落在幽谷，便越过苍茫，燃起一派深蓝浅黛。而这时，恰恰在这时，一群又一群游荡的云彩打斜刺里飞来。云隔断了阳光，在复调的山脉间筛下斑斑驳驳的阴影。云有高低浓淡，影有深浅错落。但主旋律，都是一色翠微。

光与影复携手在层峦叠嶂间搅起一团又一团的岚雾，引诱你的视觉，一步一步，直向了云蒸霞蔚的审美高度进逼。

在平原上空读云，又有另一番喜悦。《古兰经》说，真主裹在一朵云的影子里。七仙女该说，人间藏在云的翅膀下。让我们借用一下七仙女的瞳仁，悄悄地，悄悄地窥探一番美丽的尘寰。哇！那长得棋盘格似的，是田野；那花团锦簇的，是村落；那款款飘飘的，是河流，是道路；那……噫！河流和道路，为什么像是一根又一根的捆索？是担心缤缤纷纷蓊蓊郁郁热热闹闹有朝一日会脱却地心的引力，凌空飞走，才预先拴牢了在那里的吗？那真是不必。依我看，倒是九重天上缺少一把玉锁，越来越卡不住众仙女思凡的芳心。

读云也如读人。人有南腔北调，云也有北调南腔。大体来说，北方的云，多疏朗，空灵。宛如轻纱的一袭，缥缥缈缈，袅袅婷婷；又如轻烟的散淡，随风遁远，了了无痕。淡。淡。淡。淡淡地拢来，又淡淡地漾去，直至与空气淡为一体，分不出实，亦分不出虚。南方的云，趋于豪爽，热烈。常常是，有如宇宙之神在一挥手之间，将邈邈云汉扇成汪洋万顷的太平洋；然后是十二级，不，一百二十级的台风打天外扑来；然后又是十丈，不，百丈的长鲸打浪底跃起；直搅得涛似连山喷雪，浪如鲲鹏击天。当然，这儿说的都是在飞机上看，又正值个大晴天。古书上说神仙出游，总要足踏云彩，我想要踏就踏南方的云，那样才显出气派。又想，孙悟空大闹天宫的场面，也是南天比北国更适合上演；只有云起龙骧，风激电飞，才更能衬托出大圣的神威。

　　古人座下没有飞机可乘，他们是如何获知云堂奥秘的呢？这，难不倒智者。"万乘华山下，千岩云汉中。""山因云晦明，云共山高下。"明白了吧，在这里，山是他们读云的最佳处所。登山，也是读云者必须付出的代价。山愈峥嵘崔巍，云气则越缠绕纠集。读云者的心气，相应也跟着盘旋飞升。记得那一年途经黄洋界，这是我生平遭遇的第一高度。山看着不高，爬起来却十分吃力，及至手脚并用一鼓作气地攀上顶峰，惊回首，但见山脖间缠绕着一圈又一圈的白云。啊，我把云踩在脚下了！我把云踩在脚下了！那瞬间淋漓尽致的狂喜，至今想起，仍令心潮鼓荡不已。

　　读云，除了在白天，也可以选择夜晚。高高的天宇悬着一轮明月，万千星斗拱卫在八方，森严是森严的了，壮丽是壮丽的了，但未免失之于冷峻，这就需要有云来调剂。云，最好是纤云，就那么舒舒的一卷，在月神前绕过来绕过去，遮，也只要遮住一角，或是片刻，既让人着

第二辑　解构彩虹的经纬 | 155

急,更给予希望。如果你恰好立于何处的公园,那就极妙妙极。宋人张先的"云破月来花弄影",刻画的就是这一境地,短短七个字,直把天上人间的千般风流万种柔情写尽写绝。

在平地读云,并非一定要仰了头,俯读也行,当你面对云的倒影,在一只鱼缸,或一方池塘,或一湾湖泊。倒影可读,读起来也一样上瘾。这是在南方某地,这是数亩方塘,你且随我与友人,向清波潇洒地抛下钓钩。鱼儿上不上钩并不要紧,在我,是正有满眼的波光云影好读。云在嫣笑,而水不笑。是在笑水的孤陋寡闻吗?你这荡云。水波在潋滟而笑,而云不笑。是在笑云的浮萍无根吗?你这止水。云在嬉笑,水也在嬉笑,你们,可都是在笑我的不云不雨,无波无浪?呵,有一只鱼儿咬钩了,浮标索索抖动,旋又被迅猛地拖入水底,我竟视而不见,急得钓友大叫。忙甩竿,但见尺多长的红鲤,在水面哗啦啦一闪,定睛细瞧,已然脱却金钩,摇首摆尾而去了。友人埋怨不已。我却报之以微笑,欣然说,你没看见,你没看见,刚刚有一峰骆驼是如何幻化成大象又如何幻化成雄狮的吗?友人大瞪其眼,不知我驴唇不对马嘴地在说些什么。

天有多高

广播抱歉地通知,因为杭州方向天气状况欠佳,航班晚点起飞。我于是再次走进机场的书铺,买下方才还在犹豫不决的一部长篇——项小米的《英雄无语》。近来连续读了王安忆的《长恨歌》、阿来的《尘埃落定》以及李佩甫的《羊的门》,窃以为小说家编造故事、塑造人物的玄机,颇开茅塞。

交完款,还来不及开发票,广播又通知去杭州的旅客现在开始登机。前后两个通知,相差不超过五分钟,似乎这短暂的晚点,纯粹就为了让我买下这本书,也许这就叫天意。

北京时间上午8:50,1509航班昂首起飞。舷窗外阳光灿烂,凭窗俯瞰,大地如倾斜的七巧板,还略略带点旋转的味道，车辆，行道树，房屋，大小一如儿童玩的积木。随着飞机升高，机翼下方漾起涡状的烟霭，地面变得隐隐约约，朦朦胧胧。唯三五处红光灼灼的房顶，依然醒目地点缀在大野。难怪红色被用于警示标志。而河流，道路，一眼望去，九曲十八弯。人在地面，是很难吃透这么多弯弯拐拐的，人们只能见识局部的直或弯，写出"江流曲似九回肠"的那位古代诗家，他的立足点之高，令人击节兴叹。

飞机打了一个弯，潜意识里，也就是一个弯，眼底惊现大片沙漠。铺天盖地的黄沙，原来离京城这么近，这么近！无可奈何地闭上双眼，恍然咀嚼什么叫"惨不忍睹"。

半天才睁开眼，远眺，依稀感觉大地呈隆起状，椭圆的隆起。地表黄绿斑驳，天作澄蓝，天地交界处，曳起一条褐中透灰的光带。设想中的地平线，混混沌沌的总也看不清楚。要能看清多好，划分两种事物，人们已习惯于一条截然的分界。正愣神间，自起飞以来，一直耀武扬威的马达，突然声音变细，细得令人惴惴不安，仿佛有什么阴谋即将发生。还好，片刻的紧张过后，马达声复趋于高亢，显示飞机的心脏健康无恙，这才长吁了一口气。抬头，客舱的录像机正在播放一部关于热带海洋生物的纪录片。在空中欣赏海底世界，任谁也会倍感逍遥。空姐送来早餐，几块简单的糕点，外加一杯咖啡。再次抬头，航线已插进山区。下视，不见嶙峋，不见峥嵘，不见昂藏或嵯峨；唯见一幅巨型的蚀刻，一海诡谲的珊瑚礁，也可想象为一块庞大的电子集成线路板。山，天生是需要仰视的。古人所有关于巨石家族的形容，都是在平地上的推敲。而在云端俯视，是今人的发明，也是对山神的大不恭。

俯视，也可理解为散文的视角，一览众山小，大写意。而平视、仰视，更多用于小说，小说需要刻画细节。

咦，我为什么不写小说？至少，也应把小说家谋篇布局的机杼引进散文。

王安忆的小说就借鉴了散文的白描。她的《长恨歌》，很有点像长篇散文的连缀。《尘埃落定》和《羊的门》则更多小说味，着重情节铺排，一环套一环，迫着你往下看。太吸引人了也并非一味就好，故事情节属一次性消费，读完掩卷，万绪归宗，容易让人一览无遗，心头升起"不过如此"之喟。

眼皮底下亮起一道道银线，我以为是山脊。哦，哪里，那是山路。左兜，右转，盘绕如银蛇，简洁而富于神韵。书道有"惊蛇入草"，乐曲有"金蛇狂舞"，可惜都不及从云霄俯察山径来得空灵。而一入平原，烟呀雾的又忙不迭跑出来干扰视线。田野被模糊，村落被隐形，其他的林木、河流，也一律浑茫缥缈，若有若无。当房屋——人所栖居的最大空间，仅仅化作想象中的一小点，此时此刻，人又是什么？直白说，什么也不是，连"点"的资格也不具备。突发联想：居高位者，犹如乘飞机纵览山河；做小吏的，好似站在房顶巡视属地。领袖的眼里，通常是没有具体"人"的，有的只是"一群""一种""一类"的概念。伟人谈笑间体现出的"心细如发"，其实是对高山上一株参天大树的关爱。

想起生平第一次乘飞机，是一九八一年十月，目的地为东京。犹记出发之际，满心想美美看一番东海。关于海国的瑰丽，事先已攒聚了若干挠心的描绘。谁知整个航程，云里穿，雾里往，机翼下方，始终一派氤氲。"一片汪洋皆不见"，不，是"一片迷茫皆不见"。

机身陡然颤动，是气流在暗中作法。窗外，又见云遮雾涌。云，总是惹人浮想，远远幻化不定的那一簇，我认定它像毕加索。不是梵高，不是贝多芬，不是巴尔扎克，只能是毕加索。这有什么道理吗？没有。我认定它像毕加索，它就像毕加索。啊，你这艺术的匪徒，创造的疯魔，探索的精灵，多少日搅得我神魂不宁。而更远处冲霄而上的那一簇呢，看上去，活似……活似什么？什么也不似。

此刻，除了毕加索，其他的我都懒得想。

须臾，飞机穿出云层，再低头浏览大地，中间隔了一层乳白的云纱，若隐若现，亦幻亦真，这就愈加令人向往。凡神秘，都是要几分遮掩的，完全的曝光，就要承受丧失魅力的风险，所以钱锺书先生在《谈艺录》中披露："美人不愿揭示真容。"

10:00整，赫然瞥见一条暗绿的长河，惊叹号般，缀在了大平原的衣襟。不用说，这一定是长江。

天空越发变得开朗。一汪纯蓝，向着遥远的天边，画了一个优雅的弧度，先深浓次浅淡最后过渡到薄明。薄明的下方，跃起千丈长鲸似的一抹，色泽鸦青透紫，浓酽酽的，仿佛就由它剖分了天地乾坤。由机翼而至远方，飘浮着成群结队的伞状云，名副其实的浮，没有任何根基、任何凭靠，瞬间，让人想起浮生。大千世界，芸芸众生，前人就是这样，一朵朵，飘然而逝，后人仍是这样，一朵朵，飘然而来。彼此永远保持着距离，距离就是不可逾越的岁月。

10:20，飞机开始下降，波音大鸟又一翅剪入云海。顷刻间乾坤变色，天地玄黄。窗外似有群魔乱舞，迫得机身作急速的抖动。急忙系牢安全带，抓紧座椅的扶手，在听之任之的无奈中，体会耳膜的刺痛，手心的沁汗，既然你没有双翼，只索把命运托付给无生命的机械。短短的几分钟，犹如过了几个世纪。俄而恶云败退，清澄再次回归人寰。俯瞰下界，青山盘盘，绿水闪闪，道路如带，房屋如棋。奇怪的是，高楼大厦，似乎一律在向一边倾身，仿佛冥冥中有一只巨手，依照不可遏制的惯性，把它们像掷飞镖似的，斜插在大地。

张家界（外二则）

一、沈从文

一地的山水都在向一人倾斜，车过桃源，傍沅水曲折上行，你便仿佛一头闯入了沈从文的领地：白浪滩头，鼓棹呐喊的是他的乌篷船；苍崖翠壁，焰焰欲燃的是他的杜鹃花；吊脚楼头，随风播扬的是他热辣而沙哑的情歌；长亭外，老林边，欢啭迎迓的是他以生命放飞的竹雀——如他在《边城》中一咏三叹的竹雀。

这个人似乎是从石缝突然蹦出来的。若干年前，我在三湘四水滞留过九载，其间，也曾两次云游湘西，记忆中，绝对没有他的存在。他是水面漾漾的波纹，早已随前一阵风黯然消逝；他是岩隙离披的兰芷，早已被荒烟蔓草遮掩。那年月，山林整日沉默，阳光长作散淡，潭水枯寂凄迷；没有一帆风，因牵挂而怅惘，没有一蓑雨，因追念而泄密。

而今，千涧万溪都在踊跃汇注沱江；而今，大路小路都在争先投奔凤凰。站在沱江镇也就是凤凰县城的古城墙上闲眺，你会惊讶，泼街的游人，都是映着拂睫的翠色而来，然后又笼着两袖盈盈的清风而去。感受他们（其实也包括你自己）朝圣般的净化，饶你是当代的石崇、王恺、沈万山，也不能不油然而生嫉妒，嫉妒他那支纤细的笔管究竟流泻出多少沁心的芳泽，并由此激发感慨：与桃花源秦人洞后那似是而非的人造景点相比，这儿才是真正的"别有洞天"。

不在乎生前曾拥有什么样的高堂华屋，只要这曲巷仍有他的一所旧居就行；不在乎一生动用过多少文房四宝，只要这红尘仍有他的文字飘香就行。沈从文自个儿说过："'时间'这个东西十分古怪，一切人一切事都会在时间下被改变。""我……不相信命运，不承认目前形势，却尊敬时间。我不大在生活上的得失关心，却了然时间对这个世界同我个人的严重意义。"好眼力，也是好定力。难怪，当我在从文旧居仔细端详他在各个生命阶段的相片，发现，镜框里的他一律在冲着你微笑，而且是他生平最为欣赏、最为自负的那种"妩媚的微笑"；不管换成哪一种角度看，他的微笑始终妩媚着你。

　　在从文旧居小卖部买了一册沈先生的文集。随便翻开，目光落在了一句成语"大器晚成"。——究竟是书上写的有，还是我的错觉？——说他为大器，嗯，肯定没错。说晚成，就颇费思量。从文其实是早熟的，中年未尽就已把十辈子的书都写完。从文当然又算得是晚成的，崛起在他被同代人无情抛弃之后，被竞争者彻底遗忘之后。冷落并不可怕，时髦更不足喜，沙漏毁了时间未废，抽刀断水水自长流。早在一九三四年一月，从文年甫而立、乳虎初啸之际，他就在返乡途中，写给新婚爱妻张兆和的信中断言："说句公道话，我实在是比某些时下所谓作家高一筹的。我的工作行将超越一切而上。我的作品会比这些人的作品更传得久，播得远。"

　　公平自在山川日月。一九八八年，从文病逝于北京，归葬于老家凤凰。山城之侧，沱江之畔，丹崖之下，一方矗立的癞石做了他的墓碑兼安息地。山是归根山，水是忘情水，石是三生石，倦游归来的沈从文，在这儿画上了他一生的最后一个句号。

　　碑的阳面，刻的是他的剖白：

　　　　照我思索　　能理解"我"
　　　　照我思索　　可认识"人"

碑的阴面，刻的是他一位至亲的敬诔：

不折不从　　亦慈亦让

星斗其文　　赤子其人

二、猛洞河

两山夹一水。山，不算高，气韵倒也生动，有苍苍古木从蒙翳间耸拔，有茫茫烟霏自幽壑中出没；临流皆削壁，石纹纵横有致，笔画俨然，宛若造物的象形天书；壁上苔痕斑驳，一副地老天荒的道貌。时当巳末午初，阳光自山右林梢射入，水面半呈淡绿，半呈浓黛。

有小舟泊在岩畔清荫里，岩脚有一缕裂隙，自下而上，蜿蜒潜入丛莽，那便是渔人进出之路。须臾，又见一小舟系于突崖飞石下，船头坐着一位紫衫少女，在织一件鹦哥绿的毛衣。突崖上方有一洞，洞口钟乳垂悬，藤萝掩映，极为隐蔽。停船进洞一游，其内并无什么玄机妙景，唯觉高爽而宽敞，深邃而干燥，颇适宜住人。从前或许当过神仙的洞府，或隐士的石庐，甚或土匪的巢穴。

猛洞河的看家节目，是人看猴子，不，猴子看人。它们啸聚在幽谷老林，远远地瞧见游船近了，就呼朋唤友、扶老携幼，蹦蹦跳跳下到水边，龇牙咧嘴，作饥饿状，逗引众位文人学士纷纷慷慨解囊，布施零食。喏，猴妈妈告诉猴孩子，那个大呼小叫、容貌轩昂的，是内蒙古草原的杨啸，那个出手大方、姿态优雅的，是天津卫的赵玫，那个扔花生像射子弹一样刚猛的，是山西的韩石山，还有那个故意把橘子丢到水里，考验咱猴们能耐的，是北京的周大新。哪个？噢，那生着白净面皮、瘦挑身材，眼镜片呈淡紫色，在一旁静观的，是四川的流沙河；护在他身前，生怕他一不小心失足落水的，是他的夫人吴茂华。

——诸君莫笑，猴界自有它们的《后猴文本》《识人指南》，以及最新版本的《儒林外史》。谁让人类认猴是咱们的祖先来着！

而我却在看树。我知道，此时此刻，树们也在看我。我看树，是看它们如何攀登峭壁，占领悬崖，上指云霄，下临无地。树们看我，也许是在纳闷，这个假作斯文、酸里酸气的家伙，大老远地跑来，不图与猴同乐，不图啸傲山水，兀自眼光灼灼盯着咱众姐妹不放——难道痴想咱姐妹一个个都化作仙女，嫁了他不成？

流沙河老先生顺着我的视线，瞄了一眼，幽幽地说："最危险的地方，也最安全。"

此公说的是树，也是说人。

游船惜别众猴，继续前行。任芙康又在炫示他的《文学自由谈》；叶兆言又在神聊他的文坛掌故；叶蔚林则在吹嘘王村的文物,以往他多次到过那里,想必大有斩获;孙健忠报道说前方快到小龙洞,洞里有条暗河,要坐小船才能进去,大家务必注意低头,不要撞上洞顶的岩石。文武百官到此尽须折腰,看来,大贵人无缘入内。

毕淑敏一边嗑瓜子,一边微笑地倾听各路谈讲。

沿途我都在看山,看云,看树。迤逦行来,河道回环转折,想当初溪涧奔流到此,面对层峦叠嶂,注定要撞山裂石,大发神威,然后辟出一条生路,呼啸前行,到了一处,又见高崖屏挡,群峰锁户,于是再度上演柔与刚、攻与守的殊死大战。如此这般,循环往复,生生不息,历经亿万斯年,这才有了名实相符的猛洞河。

那一幕幕大片,如今再也看不到了,猛洞河已被拦腰闸起,约束成一方澄碧渊渟、波澜不惊的水库。正嗟叹间,手机突然响起。——奇怪,这山野僻地,哪儿来的无线电信号?接听,是儿子打来的,我道是什么要紧事,原来是报告美国大选的最新进展,以及电视报道的各类时事新闻。唉,人类真是一窍千虑,连和自然短暂的相亲也不能彻底放松。恐惹山精水魅嗤笑,我嗯嗯啊啊地应对几句,赶紧关机。

三、张家界

张家界绝对有资格问鼎诺贝尔文学奖，假如有人把她的大美翻译成人类通用的语言。

鬼斧神工，天机独运。别处的山，都是亲亲热热地手拉着手，臂挽着臂，唯有张家界，是彼此保持头角峥嵘的独立，谁也不待见谁。别处的峰，是再陡再险也能踩在脚下，唯有张家界，以她的危崖崩壁，拒绝从猿到人的一切趾印。每柱岩峰，都青筋裸露、血性十足地直插霄汉。而峰巅的每处缝隙，每尺瘠土，又必定有苍松或翠柏，亭亭如盖地笑傲尘寰。银崖翠冠，站远了看，犹如放大的苏州盆景。曲壑蟠涧，更增添无限空蒙幽翠。风吹过，一啸百吟。云漫开，万千气韵。

刚见面，张家界就责问我为何姗姗来迟。说来惭愧，二十六年前，我本来有机会一睹她的芳颜，只要往前再迈出半步。那是为了一项农村调查，我辗转来到了她的附近地面。虽说只是外围，已尽显其超尘拔俗的风姿。一眼望去，峰与峰，似乎都长有眉眼，云与云，仿佛都识得人情，就连坡地的一丛绿竹，罅缝的一蓬虎耳草，都别有其一种爽肌涤骨的清新和似曾照面的熟络。是晚，我歇宿于山脚的苗寨。客栈贴近寨口，推窗即为古道，道边婆娑着白杨，杨树的背后喧哗着一条小溪，溪的对岸为骈立的峰峦。山高雾大，满世界一片漆黑。我不习惯这黑，翻来覆去睡不着，于是披衣出门，徘徊在小溪边，听上游的轰轰飞瀑。听得兴发，索性循水声寻去。拐过山嘴，飞瀑仍不见踪迹，却见若干男女围着篝火歌舞。火堆初燃之际，一半是火焰，一半是树枝。燃到中途，树枝通体赤红，状若火之骨。再后来，又变作熔化的珊瑚，令人想到火之精，火之灵。自始至终，场地上方火苗四蹿，火星噼噼啪啪地飞舞，好一派火树银花。猛抬头，瞥见夜空山影如魅，森森然似欲探手攫人，"啊——"，一声长惊，恍悟我们常说的"魅力"之"魅"，原来还有如此令人魂悸魄悚的背景。

从此，我心里就有了一处灵性的山野。且摘一片枫叶为书签，捡一粒卵石作镇纸，留得这脉红尘之外的秋波，伴我闯荡茫茫前程。犹记那年拜会画家吴冠中，听老先生叙述二十世纪七十年代末去湖南大庸写生，如何无意中撞进张家界林场，又如何发现了漫山诡锦秘绣，欣羡之余，也聊存一丝自慰，因为，我毕竟早他四五年就遥感过张家界，窃得她漏泄的吉光片羽。

是日，当我乘缆车登上黄狮寨的峰顶，沐着蒙蒙细雨，凝望位于远方山脊的一处村落，云拂翠涌，忽隐忽现，疑幻疑真，恍若蜃楼，想象它实为张家界内涵的一个短篇。不过，仅这一个短篇表现力就足够惊人，倘要勉强译成文学语言，怕不是浅薄如我者所能企及。天机贵在心照，审美总讲究保持一定的距离，你能拿酒瓶盛装月白，拿油彩捕捉风清？客观一经把握，势必失去部分本真。当然不是说就束手无为，今日既然有缘，咦，为什么不鼓勇试它一试。好，且再随我锁定右侧那一柱倒金字塔状的岩峰，它一反常规地拔地而起，旁若无人地翘首天外，乍读，犹如一篇激扬青云的散文，再读，又仿佛一部浩气淋漓的史诗，反复吟味，更不啻一部沧海桑田的造化史——为这片历经情劫的奇山幻水立碑。

普林斯顿的咖啡小屋

骤雨。黄昏。普林斯顿的咖啡小屋。青荧荧的灯下,她的目光缓缓转向窗外的街道:"你看他们多么从容。"用的是易安居士"如梦令"的语调。随着她的视线望去,但见白花花的街道如川,亮闪闪的车辆如鲫,这一刻,以及接踵而来的下一刻,唯独不见徒步的行人——行人都叫骤雨淋跑了。我始而愕然,继而陷入恍惚,悟不透她口中所谓"从容的他们",确切指的是谁。

无人在场。刚才我们谈到了谁?陈省身、华罗庚、杨振宁、李政道……都是在普林斯顿生活过的华人前辈;当然也谈到了爱因斯坦,生前,晚年,爱翁常常在普林斯顿的街头闲逛,小小的个儿,大大的鼻梁,蓬松如狮的脑袋,锐利如鹰的目光,配上松松垮垮的衣服,往下看,还提拉着一双破旧的拖鞋。爱因斯坦是二十世纪的徽记，上帝的杰作，至今仍是文化圈不老的话题——都已风流云散，都成明日黄花，仅留余韵。

余韵袅袅。蓦然回首，想起另一次隔案相对，我和她，在"文革"席卷神州的第六个岁尾，于古城长沙俯瞰湘江的一处茶楼。她有个渊深的家世，三代以上，是曾国藩、李鸿章的座上客，两代以上，交游的有康有为、梁启超，截至她的上代，格局为之一变，伯父、叔父、舅父，以及三姑六姨，数得出的近亲，都乘桴浮于海，散作他乡之蓬了，只有她那位留学欧美的父亲，贪恋沪上的红尘，最终做了刘海粟、傅雷的密友。当时，她对这一切讳莫如深，我只是隐隐约约地风闻，以及闲谈中捕风捉影地猜测……同声相应，同气相求，我俩是在一次半地下的文学沙龙中认识，缘于诗。诗真是个神妙的东西，往往一个词，一个字，就能令五内鼎沸，激情飞扬，那一阵子我不知道写了多少诗，我是把一辈子的诗心都掏光了，以至于后来再没挤出过完整的一首。

"屈贾谊于长沙，非无圣主"，古书上，标明是王勃《滕王阁序》中的牢骚，现实里，是她无心随意的低吟，她并未自比贾谊，我更不配。那一天，她约我去寻贾太傅的故宅，说是就在长沙西区。兴冲冲渡江而去，穿街过巷，寻阡问陌，被问者多瞠目以对：这年头，还找什么假太傅真太傅！劳而无功，怅然而返，时近中午，便登上了临江的茶楼。记忆在这里呈现不确定性，究竟是饭店、面馆，还是茶楼、酒肆，殊无把握。我不想在这上面作历史考证，至少它有茶，有座，骋目可见橘子洲，洲那边是云烟迷蒙的岳麓。那一次我们触景生情，从毛泽东早年的《沁园春·长沙》，谈到他晚年的《水调歌头·游泳》《七律·登庐山》，一代天骄，气魄之雄，文采之茂，自是无人能及……"你听说过陈寅恪、唐篔吗？"感慨之际，她忽然问我。摇头，我承认孤陋寡闻。她凄然一笑，不作解释，只是眼望天外，淡淡地说："他们都走了。"

未久，她便离开长沙，返回上海，使用的妙策——称病。天可怜见，你禁这禁那，禁不了生病的自由！人能生病，是限制，也是反限制。人又说写诗的人是敏感的，我却是迟钝，迟钝到以为她是文科出身，如我，待听她说出回沪后闭门自修的计划，才恍悟她原来是牛顿、爱因斯坦的徒子徒孙。

她走了，尔后回来过吗？记不得。反正，那一别，是我俩在长沙的最后一面。我是寂寞，无人可与言说的伤逝。"摔碎瑶琴凤尾寒，子期不在对谁弹！"是以顾影自怜，蠢蠢欲去。决心早就下定，操作难如人意，直到恢复高考，才返回京城。二十世纪八十年代的第一个春天，在我读书的研究生院，我们又意外地碰头了。她是来找陈封雄，陈寅恪的侄子，人民日报社国际部的资深编辑，我的导师之一。从封雄老师口里，才弄清她的家世，对于我，她是游行在历史云端的神龙，渺乎高哉，可望而不可即。也就在那次，她透露，年内要去美国读书。那个年头，国门在关闭多年后刚刚打开一条窄缝，有关系、有闯劲的青年蜂拥往外挤，她有着庞大而坚挺的海外背景，岂能弃之不用——我为她感到庆幸，为她祝福。

说到我，也不是没有出国机会，但我既愚且倔，在一次短暂的海外游历之后，居然作出放弃。我宁愿守在中国，守着我的母语，守着我的一亩二分田。大千世界，人各有志。如是过了十年，彼此再度会面，是她回国探亲，地点在新华社的招待所。那时她意气风发，踌躇满志，一切都处在玫瑰色的上升期。她送了我一幅写意的水彩，普林斯顿大学校园一隅。我送了她两本自选随笔集，《啊，少年中国》与《人生得一知己足矣》。在座的还有新华社的数位同行，她是当然的主角，谈得最起劲的是异邦的风光，以及如何利用海外关系，帮助国内招商引资。

到了二十一世纪，在没有任何信息任何征兆的情况下，她突然又现身北京。自述此番不为探亲——事实上她已无亲可探，该走的都走了，老人去了天国，年轻的去了海外，在这片土地上，她已是丧根失襻之人。让我感到意外的，当年的豪气也烟消云散，说到专业，她坦言以前耽误得太多了，紧追猛追，也追不回来，美国是个年轻的国家，科学是年轻人的乐园，像她这种年纪的学者，很难再有发展，只是凭惯性向前走，走到哪儿算哪儿，然后就，等待退休，等着养老。"那么干脆回来。"我说。她笑了，笑容呈现苦涩："回来？回哪儿去？"蓦然一惊，醒悟韶华不在，机会不在，她和我，已是踏遍千山之后的倦客。

此番赴美，途经纽约，下榻在新泽西州的一家乡村旅店，昨晚电话联络，今天一早，她就驾车来接我。然后带我去纽约城，逛曼哈顿，逛唐人街，末了回到普林斯顿小镇，参观她所在的大学，以及爱因斯坦待过的高等研究院。途中，感觉她刻意回避家庭，听说她离异过两次，大不幸，无论西方东方，这都是他人的隐私，尤其是女人，不宜动问。带着一份心照不宣的谨慎，彼此只谈国事、天下事，不谈自己。

晚餐是在一家中餐馆享用的，主人和她相熟。餐后下雨，半途中止散步，就近避入一家咖啡店。也好，三十多年的相识，三万里路的相隔，一肚皮的话，正好唠唠。

谈罢普林斯顿的名流，转入俗世男女，问起她日常来往的华人朋友，她说关系密切的只有两位，一位是上海来的女士，旋风一般的嫁人，嫁人犹如谋生，最近嫁去了墨西哥，五十出头的人了，但愿是最后一嫁。一位也是上海来的，男士，干过推销，现在歇手了，在浦东置了一处房产，常年来回跑。又问起我熟人的熟人的一个孩子，当年同她有过联系，答说，很能折腾，干过跑堂，刻过图章，办过小报，做过生意，现在不晓得去了哪里，总归是折腾。

仍旧扯到文学。我说起年前读过的一篇散文，《芳草王孙天涯》，作者朱琦，讲的是民国达官贵人的后裔，如何在美国白手起家，低调做人，那里面就有她的影子，网上一索可得，不妨找来看看。她说"王孙"二字值得斟酌，有一股阿Q的味道，彼岸是前世，此岸是今生，来这儿等于重新脱胎换骨，一切从零开始，你就是你，和彼岸的种种旧印记无关。说着就举出一位东北的学者，已经在大学做到副教授，敌不住外面的诱惑，来了这里，逾期不归，在餐馆打工，一干多年，他今生最宏伟的构想，就是开一家属于自己的小餐馆。还有一位，浙江来的，生物博士，高大英俊，一表人才，现在当导游，专门接待你们这种国内来的观光客。你不能哀叹大材小用、怀才不遇，这就是转世为人。

这期间她接了两次手机，听口气，都不是家里人。有一位像是国内新来的学子，询问有关上学的事……我于是把话题转到留学。她说留学是个机遇，美国有第一流的学科，第一流的导师，但是完成学业后，就大多数人而言，还是回去的好，在国内只要有一个平台，就可以得到长足的发展，美国不是没有机会，如果碰上好导师、好课题、好单位，也会做出相当出色的成绩，但那是少数人，极少数人，概率非常之小，她认识很多专业人才，年复一年，只是在鸡零狗碎地打工，可惜了，也实在是浪费了。

既然如此，我说，还是回国吧，至少可以让下一代回国谋求发展——在心里，不在嘴上，因为并不清楚她是否有子女，倘若有，是黄头发，还是黑头发，英文之外，是不是还会讲中文，是不是还对东方古国心存依恋……这念头，想想也是危险的，它触及了别人私生活的底线，赶紧打住。

尴尬。是我在尴尬。难道我和她真的已经隔世？沉默，姑且以咖啡当酒，干杯，干完一次再一次，咖啡味苦，而我又不喜欢加糖，一个劲地兑牛奶，兑多了更不是滋味，全不似江南的清茶悦目、润喉、醒神。算了吧，茶是东方文化，咖啡是西方文化，入境随俗，且放开喉咙，管它是甜是苦。也许这儿正应了一句佛语：苦，才是人间正品。转眼看窗外，骤雨消歇，行人又开始招摇过市，片刻而后，我也将飘然远引……从兹一别，又将是海阔天遥，相会无期。当是之时，一杯在握，骨鲠在喉，缘于一种不由自主的自主，我忽然冒出了一个乡气的提问。我说："国内人看美国，就像我们苏北老家看上海，一切都是摩登的，洋派的……但是我这次到美国，一路行来，发觉好多上了年纪的华人妇女，穿衣打扮比国内还土，一点不讲究，这是什么缘故？"她笑了："你这是在说我吧。自古以来，'女为悦己者容'，女人是为欣赏她的人打扮的呀。可是在这儿，有谁看你？谁的眼里又有你？日子一久，也就习惯了，麻木了，不再在衣饰粉黛上费工夫。"

瞧，说是不触及隐私，到底还是跨进了别人情感的领地——"这儿有谁看你？谁的眼里又有你"，致命的失落，绝望的苍凉，全在这一句里了。还有什么好说的呢？还有什么好问的呢？啊不，不，事情可以作另一面看。是眼前咖啡的刺激，还是多年清茶熏陶出的悟性——我猛地一拍桌子，大声说："好了，你现在可以当作家了！"声音之响，惹得邻桌的老先生侧身而睨。她先是一愣，抬头看我，见我一本正经，不像开玩笑，遂说："你真是有眼力，这几年我一直在练笔，已经写了十多篇散文，关于我这个家族，关于我在美国的生活，其中有一篇，回忆长沙的，写到了你。"

唔，这番咖啡没有白饮，谈话至此，总算进入正题，文学是什么？文学是无线上网，是万有引力，是缩地术，心灵与心灵之间，总有千回百转万里犹面的机缘在。"我料定你早晚要回归文学，以前种种，都是铺垫，是爆发前的储备，"那一刻，我直视她的眼睛，郑重其事地说，"你应该放开写，文字绝对可以寄托生命，如果选择在国内出版，我可以帮你联系，另外，如果不嫌弃的话，我还可以为你的新书写一篇序——在这件事上，我自信比你身边的人更有发言权。"

九秋天地入吟魂

从宜兴老家的蒹葭苍苍、绿竹猗猗，从杭州艺专的夙夜匪懈、载歌载啸，从巴黎美院的千岩万壑、千风百韵，从石涛的石破天惊、梵高的超凡入诡、补天女娲的星芒、逐日夸父的血潮……汹涌而来，蟠蜿而来，舞蹈而来……粗藤遒劲，细蔓潇洒，纵横交叉，随心所欲，如火如荼，如醉如狂，如烟如雨，如瀑如歌……好一幅《墙上秋色》！

远看，满幅是线。线的游动，线的喷发，线的缠绵；一笔落纸，便一以贯之，一往情深，纵婉转曲折，跌宕回旋，依然是，剪不断，理还乱。

近看，满幅又都是点。斑斑驳驳，淋淋漓漓，虚虚实实，飘飘洒洒；似粉白、浅绛的繁花，似灰绿、黄褐的密叶,似初阳晕染下的烟霏,似月光穿竹的投影,似搜尽奇峰打草稿的足迹,也似火树银花不夜天的灯海。

本来只是一堵巨幅的山墙,在苏州留园。应该是先有了墙的空白,才引来藤萝的入侵。正因为有了藤萝的大举占领,才显出墙的巍峨坚挺。刚与柔,块与线,主体与异己,安详与觊觎,相争而相生,对立而统一。画家由是得到灵感,醉心要把对象纳入画面。但是墙体太局限——纵万里长城之长也永远有约束,如规定的舞台框死了生命的腾跃;同时天空也显逼窄,若突出广漠,又势必削弱山墙的威严和藤蔓的奔放。许多人一辈子就在这狭道中走马,碰碰撞撞,跌跌绊绊——内中也包括昨日的他。告别旧我,他尝试打破。拆掉墙之界限,满眼就都是素壁,舍去天空之割据,画幅就莫不生动着云烟。紫藤、青藤于是得大欢喜大解放,任它合纵连横,任它龙隐蛇现。没有起始,也不见终极。没有指挥,也无所谓失控。率尔生长,恣意扩展。

他没有那种从小就得名师传授或仰承家教的幸运,像达·芬奇,像毕加索,像徐悲鸿……在他由初小而高小而师范而工业学校而突然转向考入杭州艺专之前,除去贫穷的鞭影和学业上的奋发,没听说他有过任何关于绘画的钻研,哪怕是像那个无师自通的王冕。这也好,置身局外并不等于两眼空空，得其自然，反倒具有了更加广阔的文化视野。正是凭着这种广阔的视野，再加上另一股狂野——那种与生俱来的叛逆气质，促使他在走出艺专校门之后，又一个筋斗翻去巴黎美术学院。假如把中国传统笔墨比作生他养他的大地，西洋绘画技巧则相当于他艺术生命的天空。整整三年，他在云端雕旋鹰瞰，呼吸西方世界的八面来风。然而，美院毕业，出乎许多人的意料，他又断然返回中国。当你站得足够高，眼光又放得足够远，你就绝对能够理解：屈原享祀的是端午，而不是圣诞；耶稣能令教徒动容，却不能叫向日葵倾心。洋之须眉不能长我之面目。他是大树，至少他渴望成为大树，东方的大树，他的根注定只能扎在母土。

你若想知道他归国后的历程，请阅读这幅《墙上秋色》。欢欣，热烈，挫折，失落，迂回，昂扬，缠绕，燃烧，心路曾烙印的，这纸上应有尽有。只要你懂得绘画语言，而且读得够耐心，够细致。从构图看，它有点类似作者的《流逝》。蒋捷有词曰："流光容易把人抛，红了樱桃，绿了芭蕉。"作者在一篇短文中诠释："年光的流逝看不见，摸不着，只留下了枯藤残叶……" 画家徘徊于时空的左廊右庑，穿梭于记忆的前庭后院，腕底是流而不畅的线，若断若续的点，闪烁明灭的形，寒碧愁红的色……

第二辑 解构彩虹的经纬

予人以一片苍茫悠远之情,感伤低徊之态。然而,从抒情风格看,它倒更像作者的另一幅作品《苏醒》。苏州郊外有司徒庙,庙内耸汉柏四株,曾遭雷殛,偃而复挺,从断桩残株中再抽新枝,或作戟刺,或作虬曲,或如须髯临风,或如女萝附松。作者舍却老根主干,着力表现仆倒者的奋起,枯槁者的新生,画面粗线张扬,瘦线曼舞,彩点、色块纷飞,谱奏生命的黄钟大吕。

"人怜直节生来瘦",他是真瘦,瘦得简直像一竿经霜的枯竹。但是,谁也不能否认,这位看似弱不禁风的老者,却拥有一双艺术大师的锐眼。话说二十世纪七十年代末,他去湖南大庸写生,无意中撞进张家界林场,张家界彼时仍属蛮荒一片,独拥千古云雾。他一见,便惊为天生丽质,随即著文推荐。完全可以说,因了他的文章的发表与流传,张家界才渐次云散雾消,落入公众的视野。八十年代初他去苏州周庄采风,周庄当日还不通汽车,唯有舟楫可渡,与世呈半隔绝状态。他惊叹于小镇的民居之古朴,街巷之幽深,河道之回环,流水之清澈,临别作赠言:"黄山集中国山水之美,周庄集中国水乡之美!"曾几何时,周庄摇身一变成了旅游热点,他的赠言,也成了乡民津津乐道的广告词。

这是一幅抽象画。它的造型,显然受到西方现代派的启示，但它使用的材料——笔墨、颜料、纸张，却是东方的，尤其是它的意境、情调、神韵，绝对出自怀素、李白、八大山人后裔的魂魄。画家濡染的是"秋色"，但非关伤怀，更不涉悲怆，倒是近于《丰收曲》《欢乐颂》一类的交响。站在画前，心头会不期而然浮上这样一些诗句："风翻翠浪催禾穗，秋放殷红著树梢。""蔓藤行伏兔，野竹上牵牛。""万里江山来醉眼，九秋天地入吟魂。"甚至联想到作者"春蚕到死丝方尽"的痴情，和"丹青不知老将至"的癫狂，联想到作者那数本流传于世的散文集的题名："画中思""生命的风景"和"沧桑入画"。所谓"线"，只是"魂"。道是散漫无序，却有根。道是形体错杂，却笔精墨妙，令人击节遐想。宛如传说中武林大师的绝世神功，纳大千于一粟，炼有形为无形。作者写的是山墙秋色，刻画的却是人世春秋。

当我隔墙观看作者绘画——且慢，难道你有透视功能，要不，隔了墙如何观看他人作画？或者，那是一堵玻璃幕墙？非也。作者在画室作画，照例是不让人参观的。但我即使隔了墙，也一样能看见作者如何揎袖撸臂，泼墨挥毫，俄而瞳孔收缩，额角青筋紫胀，俄而掷笔长叹，一把抓过不称心的画作，狠命扯烂……他老伴就透露过一个细节，说此公爱出汗，画到紧张处，总是不断地脱衣服，夏天，常常脱成赤膊上阵的许褚……难怪连家人也要被他关在门外了。隔墙观画，我不禁想起了罗曼·罗兰笔下的贝多芬。作曲对于贝多芬，一如分娩，假若他正处于作曲的阵痛，那情景是十分骇人的。罗兰引用申德勒的话说，此时"他的五官扭曲，汗流满面，好像正在同一支由擅长对位法的作曲家组成的大军作战"。艺术家的创造过程是相通的，虽然此刻我不便推门入室，一睹为快，只能坐在客厅作会心的想象，但这决不属于"客里空"，手头现成就有他的两篇创作谈：《望尽天涯路》和《霜叶吐血红》，正为我的隔墙"透视"，不，猜想，提供确凿而形象的素材。

天使的翅膀

超 然

登封市嵩阳书院庭内，一前一后屹立着两株巨柏。史传汉武帝当年游嵩山，首先看到的是前面的一株，他惊讶其蔽日参天，为生平所仅见，于是封它为"大将军"。谁料没走多远，又碰到一株，比前面的那株更加擎天拔地，昂然庞然。汉武帝因为已把"大将军"的封号给了前面的一株，金口玉言，不能更改，只好封它为"二将军"。传说"二将军"心里不服，登时气炸了肺，树干从中裂开一道数尺宽的缝隙；而"大将军"呢，因为喜出望外，从此竟乐呵呵地笑弯了腰。

日月无穷穷日月，江山不老老江山。在汉武帝之后两千一百多年，我来嵩山，"大将军""二将军"依然相向挺拔，相与葱茏。我在两株巨柏之间徘徊，我想，压抑不住地想：人类忒是多情，总要把自己的喜好强加于万物。其实呢，山川钟灵，草木毓秀，"大将军"从未因汉武帝的敕封而感到荣幸，该怎么活就怎么活，"二将军"也从未因汉武帝的贬抑而感到委屈，愿怎么长就怎么长。是以谓超然。

革命家的锐眼

天才一般总要染上自负。二十郎当的沈尹默，在诗文与书法方面已有相当造诣，日常难免恃才傲物，眼高于顶。

话说有一天，他在诗会上结识了陈独秀。陈独秀当时还未出山，身份只是小学教员。但他快人快语，目光如炬。陈独秀在认识沈尹默的第二天，就找上门去，当面指出："你的那首古风写得耐读，也最有意境。只是……你的字写得太差，与你的诗太不相配，说真的，简直其俗在骨！"

一语惊醒梦中人。陈独秀的话，对于沈尹默，不啻是当头棒喝。尹默当下冷汗涔涔，浑身发抖，如同生了一场大病。如果说有什么转折，这就是转折。如果说有什么突变，这就是突变。沈尹默牢记陈独秀的批评，由是发愤钻研书法，这才有了后来的宽广天地。

林徽因的大美

据说，二十世纪如果评选美女，很多人都会投林徽因一票。她不仅天生丽质，貌若仙子，而且见识超群，才华绝代。我没有接触过林徽因，是以谈不上任何个人好恶。但是，林徽因在纪念徐志摩逝世四周年时说过的一番话，在我，却不亚于醍醐灌顶。林徽因说：

"我们的作品会不会长存下去，也就看它们会不会活在那一些我们从不认识的人……的心里的，这种事情它自己有自己的定律，并不需要我们的关心的。"

即使没有其他任何作品，单凭这几句话，这一闪灵光，林徽因就足以跳出凡俗而升华为至人。她看得真透彻！是啊，作者的宠辱决不等于文章的宠辱，文章自己另外有命。

恩爱如酒

沪上有一对九十高龄的夫妇，从小就是青梅竹马，婚后六十多年来一直相敬如宾，恩爱有加。

因为沾了一点亲戚的缘故，有次我前往拜望，当日就留宿在老先生的书房。记得那天晚上，我与老先生聊天，一直聊到九点，然后互道"晚安"，各自回房休息。约莫过了半个时辰，我出门上洗手间，发现老先生依旧坐在客厅，便问他怎么还不回卧室睡觉。老先生拿右手食指按住嘴唇，轻声说，估计老太太还未睡熟，这会儿进去，会闹醒她，索性再等等。

我于是陪老先生默坐，一坐又是半个时辰。当老先生最终蹑手蹑脚地走向卧室，手刚触到门把，门就从里面自动打开了。原来，老太太根本就没睡，她一直在安静地等待那熟悉的脚步声。

第三辑

不可量化的灿烂

蔼蔼绿荫

一

沈从文请季羡林吃饭，当着这位昔日小友如今北京大学教授的面，他用坚锐如钢锉的牙齿，把一根捆扎东西的麻绳咬断。这举动无疑带点儿粗，透点儿蛮，显点儿野，文化人一般不会如此原始，自矜身份自视高雅的非文化人也不会如此露丑，大作家沈从文做来却异常从容、利索。镜头落在季羡林眼里，他觉得这正好突出了沈先生的个性，于是就把它记载下来，成了《世说新语》式的儒林传奇。

沈从文有没有为季先生留下文字？我不知道。假如我是沈从文，肯定也会反抓他一个故事。譬如说：某年秋季，大学开学，燕园一片繁忙。一名新生守着大包小包的行李，站在道旁发愁。他首先应该去系里报到，但是他找不到地方。再说，带着这么多的行李，也不方便寻找。正在这当口，他看到迎面走来一位清清瘦瘦的老头儿，光着脑袋瓜，上身穿一件半旧的中山装，领口露出洗得泛黄的白衬衣，足蹬一双黑布鞋，显得比他村里的人还要乡气，眉目却很舒朗，清亮，老远就笑眯眯地望着自己，似乎在问：你有什么事儿要我帮忙的吗？新生暗想：老头儿瞧着怪熟悉怪亲切，仿佛自家人一样。这年头儿谁有这份好脾气？莫不是——老校工？他壮着胆儿问了一句："老师傅，您能帮我提点行李吗？我一人拿不动。"老头儿愉快地答应了。他先帮新生找到报到处，然后又帮他把行李送到宿舍，这才挥手再见。数天后，在全校迎新大会上，这名新生却傻了眼。他发现那天帮自己提行李的老头儿，此刻正坐在主席台上，原来他不是什么工友，而是著名的东方学教授、北大副校长季羡林。

如此一来，这两位文坛高手才能打成一比一。

人生能有几次看沈从文咬麻绳？人生又能有几次请季先生当工友？这都是夙缘，福分。我曾在沈从文的故乡湖南生活过十年，也曾沿着清腴的沅水模拟他的纯情之旅。但我不曾去过他的凤凰老家，甚至没有和他通过一次电话，尽管后来我俩有幸同呼一隅的空气，同顶一方的蓝天。与季先生呢？缘分就深了。三十多年前，我就曾为他的文字吸引。那是一系列的游记散文，记得有《塔什干的一个男孩子》《夹竹桃》《重过仰光》。应该还有别的篇什，记不清了。倘若回过头来重读，多半会失望。就这么几篇玩意儿，也不见得怎么出色，凭什么就勾了我的魂，乃至决定了我的高考、我的后半生的命运。年光逝水，世故惊涛，往事是不能像幻灯片那样重演的，就像没法对着初恋情人的褪色照片，想象当日为什么会傻乎乎地迷上他（她）一样。当时却是痴情，当时却是真诚。这温馨唯有压在记忆深层，才能历久而弥新。但是我对季先生的仰慕呢，却丝毫没有为时光抹去，而是像不断更新的彩色照片，愈来愈清晰、逼真。

一个人的命运同另一个人的命运发生联系，天长地久，就会水乳交融，印象重叠。严格说来，季先生精神世界的一极，离我辈很远很远，远在古代印度，远在缥缈的梵天，那是要借助由十多门外语组装成的"思维探测器"，才能偷窥一眼的仙境。而同时，季先生精神世界的另一极，又离我辈很近很近，近到不分彼此，近到物我两忘。如果你有天和朋友神聊，不小心蹦出一句"我的老师季羡林如何如何说"之类的牛皮，不管你是不是北大学子，也不管你有没有及门或登堂入室，听者都会投过企羡的眼神，报之欣赏的微笑。

一九九六年夏季，我正是吃准季先生的朴讷厚重、有求必应，同时也拿出沈从文那种用钢牙代替剪刀的粗劲、蛮劲和野劲，大胆抓了他老人家一回差：请先生为我的首本散文集《岁月游虹》作序。

我之钟情文学，渊源要追溯到初中阶段。至于煞有介事地写起散文，却是在人生的舞台上转了一个大圈之后。尽管已届天命，老大不小，但在散文园地，还属地地道道的新手。有一天，我正在构思《北大三老》，蓦地火花一闪，想到了一个成语：鲁殿灵光。由鲁殿灵光，转而又想到季老的人品学问。由季老的人品学问，又想到何不干脆借他这尊真佛，为自家粗糙的作品开光？！

主意就这么拿定。有同窗好友得知，讶然责怪："你好出格！你那写的是什么东西，竟想劳动季先生为你做广告？何况，季先生是从不给晚辈作序的。"

这我都晓得。你说我能不晓得？只是呢，说来也真罪过，眼前总拂不去那位老校工的身影。

天遂人愿，数月后，先生果然寄来了序。这就是后来收在集中的《散文的光谱》，应该说是"季羡老的光谱"。

这则故事论理已经可以结束，我虽虚荣，还不至于在此拿了先生序中的溢美之词，刺激读者无辜的神经。但有一事又不能不提，否则就不能全面认识这位当代人所共仰的大儒、通儒。事情就像福尔摩斯的侦探案，又像欧·亨利的短篇小说，高潮总是埋伏在后边。让我想象不到并且绝对大吃一惊的，是先生于拙作出版之后，竟然再次读了一遍，并重新写了一篇感想寄给我！——予也何幸，值得先生如此悉心栽培！啊，我开始后悔自己的孟浪，不该冒昧浪费先生宝贵的精力；因为你一旦落入老人家的视线，他就会像帮助开头提到的那位新生，不仅陪你报到注册，还要坚持帮你把行李送到宿舍。

二

荷花争相展开笑靥，又甜又媚，像仙女列队恭迎嘉宾。烈日知趣地隐进云层，蜻蜓引路，凉风托肘，树上的知了歌了又歇，歇了又歌，为老人的巡视增添无限清兴。

季先生漫步在池塘四周，得意地清点着荷花的朵数。前天还是一百零一，一百二十三，昨天就变成一百五十，一百七十六，今天呢，早晨已突破二百，眼下只怕已有二百二。这当然不包括那些含苞未放的骨突儿，它们还没有睁开睫瓣，算不得数。这池塘就在先生的家门口，享受堂堂学府的优待，它也有个贵族化的大名：红湖。三十多年前，季先生刚刚搬来的时候，湖里是有过翠盖千重、青钱万叠的，依稀还留有"千点荷声先报雨，一林竹影剩分凉"的幽梦。但是好景不长，很快就遭遇一场"冰河期"，水面便成了空空荡荡。先生的心湖，也随之变得空空荡荡。早些年，东风又绿瀛洲草，先生心头的那泓水，解冻了，扬波了。由己及人，他竭力往世人的心湖吹送春风；在我，就是深受他润泽的一个。由人及物，他就想到了门口依然凄凉的池塘，怜爱地、满怀期冀地播下几颗托人从洪湖捎来的莲子。先生确信，播下去，就有希望。谁不知道，种子的生命力是天下最顽强的呢。有一些从古代帝王陵墓里掘出来的稻谷，一遇适宜的条件依旧能生根吐叶；有一些埋在地层里的万年羽扁豆，一旦重见天日照样能发芽滋长。痴心的老人其实也是一粒古莲，在新的时期又抽出了撩云逗雨的叶，又开出了映日迷霞的花。

种子播下的第一年，水面平静如初。先生知道凡事都有个过程，就像写文章，先得有个腹稿，然后才能展纸伸笔，此事急不得。说是急不得，偏生又每天前来张望，仿佛恨不得要用目光把莲芽从淤泥中吸出。

第二年，水面依然冷寂，朝朝、暮暮，唯有"天光云影共徘徊"。先生的心湖就未免风摇影动，动伏不定了。眼看它春水盈塘，眼看它绿柳垂丝，但盼它嫩叶轻舒，但盼它小荷初露。然而,讨厌的然而,该诅咒该下油锅的然而,春天来了又去了,夏天来了又去了,转眼到了秋天,塘面仍旧是一片荒芜,寥落。荒芜菡萏路,寥落高士心。难道,难道说洪波里孕育的种子不适合池塘,托根非其所?难道说梦里的婷婷、袅袅、纤纤、灼灼,终将成为一场虚话?

到了第三年,先生已不抱希望。如果有谁到了这地步还抱希望,那他不是傻子,便是神仙。先生是凡人,凡人就只有凡人的智慧。然而,幸运的然而,带来转机带来奇迹的然而,有一天,先生忽然发现,就在他投下莲子的水面,长出了几片溜圆的绿叶。莫非是天上的倒影?不会,天空只有飞鸟、云彩。莫非眼看花了?拭拭镜片,定睛再看,没错,嫩生生的,羞怯怯的,绝对是莲叶,莲的新叶。数一数,一共五片,不,六片。有一片将露未露,一半还在水底。团团五六叶,装点绿池初。它们,啊,此处应该用她们,仿佛是莲的王国派出的绿姝,先期给老人通一通消息,告诉他凡播种定有收获,生命的顽强、生机的蓬勃使她们从来不曾失约于世人,等着吧,不要多久,那千茎万茎就会昂然挺立,那田田翠翠就会漫湖覆盖。

这一等,就又是一年。虽然漫长,却并不难捱。怀抱期冀,就是足踏时间的风火轮,多少寂寞,多少惆怅,一跃也就甩在了身后。下一年,"蝉噪城沟水,芙蓉忽已繁"。先生无法确知,那莲的纵队是怎样在深水中迅速扩展,但从占领水面的荷叶判断,每天至少要以半尺的距离推进。就这样,是年夏天,先生终于迎来了半池绿荷,满眼红蕖。待最初的几周激动过后——那喜悦,绝不亚于金榜题名,大作杀青——剩下的,就是悠闲如柳丝,飘逸如清风,超尘出世如他专攻的梵文、巴利文、吐火罗文,在莲的世界徜徉迷离,乐而忘归了。空气中有清心健脑丸,也有祛愁解忧丹。常常,先生陶醉于他的业绩,就像前面提到的那样,漫步塘边,高瞧低看,目掐心算,宛如课堂点名,又如沙场点兵——谁说这不像一场美学领域的攻坚战?数久了,数累了,先生就会找个地方坐下来,静静地聆听满湖的红吟绿奏。

如是乎,在接踵而来的岁月,先生每到夏秋两季,就多了一项消遣:一个人坐在红湖岸边,直面满湖的碧绿黛绿,深红浅红,遁入哲学家式的玄思妙想。

人活到七老八十,经多大风大雨,见惯沧海桑田,心就趋向沉静;偏偏又是大知识分子、大学问家的主儿,年龄愈是老去,思考愈益深入。沉静,是对身外之物而言,种种你争我斗、张长李短,不再挂碍于心;深入,是指对人生的奥义,终于可以无挂无碍地从容咀嚼,仔细发掘。

生命到了这种境界，释放就尤其显得香气勃郁。60年前，先生在水木清华就读，那里曾诞生朱自清的名篇《荷塘月色》。六十年后，先生在红湖岸边忆往思来，陷入片刻的假寐，不期也结晶了一篇语出天然、朗爽脱俗的《清塘荷韵》。

写作的那天，正值一九九七年中秋。天上的月华和水中的月魂互映，周敦颐的清涟和胸中的澄泓相汇。啊，彼时彼刻，先生伏案挥毫，任何台风都吹不乱他头上的一茎霜发，刮不散他胸中的一缕芗泽！

且让我们品味其中的一节：久坐岸边，恍若出尘，这时，"风乍起，一片莲瓣堕入水中，它从上面向下落，水中的倒影却是从下边向上落，最后一接触到水面，二者合为一，像小船似的漂在那里……"花落影随，状流光，影与花合，状禅机。北大曾曰红楼，季府权充聊斋。可惜没人录下先生的脑电波，一任那些美丽的幻象随风飘逝。

数日后，我去北大开会，恰好碰到先生。也是福至心灵，我向他约稿。先生马上反应："刚刚写好一篇，也适合给《人民日报》。"

文章编发后，随即博得一片喝彩。尔后，又接连收获当代报纸副刊的两项最高奖。可见，这个社会绝不缺少发现美的慧眼。

三

这天,是季先生的米寿之辰。黄昏时分,我来到先生所在的朗润园。没有启动手机联络,更没有径直叩门,而是悄悄绕红湖一圈,然后在湖的东岸,估计在先生及其家人看不到的地方,找一块石头坐了下来。独对了满湖的蛙鼓,和水底喊喊喳喳的繁星,静静地,想。

脑际浮起一桩传闻:沿湖的这条小道,是先生进出的必由之路。某天,先生刚走出家门,迎面碰上一位驾驶白色轿车的年轻人。对方问明先生去处,执意要相送一程。先生说路不是太远,锻炼锻炼也好,坚持继续步行。先生在前面走,听得后面轿车掉头,为了让它尽快通过,便一直贴着路边。走啊,走啊,走了五六十米,不听喇叭响,也不见轿车从旁擦过。心下奇怪,回头一看,原来轿车放慢速度,老远地尾随。先生便停下来,摆手让轿车先走。轿车也停下来,示意不敢僭越。就这样,先生在前面走,轿车在后面跟。直到出了朗润园,来到一处岔路口,年轻人才轻轻按了一下喇叭,向先生致意,然后拐上另一条道飞驰而去。

仍是发生在这园里的故事:一九九八年九月二十五日,清晨,一伙男男女女的大孩子,在先生门外徘徊。他们是这一届的新生,久仰季老大名,未等正式上课,甚至未等这一天的霞光染红燕园,就迫不及待地跑来拜谒长者。来了,才想起季老有个习惯,每天四点起床写作,日上三竿方歇,这是先生一天的黄金时段,谁也不忍心上前打扰。那怎么办?既然来了,总不能毫无表示地回去吧。有人便以树枝为笔,在窗外花圃的泥地上留言:"来访。九八级日语。"写罢,意犹未尽,又在湖边的湿土上大书:"季老好!九八级日语。"

这位驾车的年轻人,和这伙十七八岁的大孩子,他们未必懂得多少季老的学问,恐怕也没有谁认真读过几本季老的书。但这并不妨碍他们的崇敬。泰山北斗的比喻太老,太俗,大师大家的说滥了也不觉得新鲜,其实,在他们眸底心田,季老本身就有点像这清塘荷韵,既古典,又清明,既亭亭净植,又香远益清。有他往这儿一站,湖光山色便鲜灵如一幅水彩。

类似上述的短镜头,我好像在哪儿见过。想啊想,哦,想起来了,是在季老的书里。倒退六七十年,先生也正处于后生的地位。那时,先生在清华求学。先生眼中的陈寅恪、郑振铎、吴宓、朱光潜、俞平伯、冯友兰,就正如今天年轻一辈眼中的先生。

记得,先生曾深情地回忆过陈师寅恪。先生描绘说,寅恪师走在清华园，身穿一袭长袍，腋下夹着一个布包，包里装满鼓鼓囊囊的讲义和资料。那样子，无论如何也不像一位内拥传统、外揽西洋的大学者，倒有点像琉璃厂某家书铺的小老板。但就是这么一个土里土气的人物，只要他打校园一过，就会勾起青年学子的无限仰慕，令他们的周身充满张力。

同一时期，同一地点，先生回忆，郑师振铎的腋下也常常夹着一个大包，风风火火地来往于清华、燕京和北大之间。他夹的不是布包，而是皮包，里面装的不仅有讲义和资料，还有自己的以及大学生的文稿。振铎师戴着高度近视眼镜，走路有点昂首阔步，学子们背地开玩笑，说郑先生看上去就像一只大骆驼……

翻开季先生的文集，回忆师辈人物的篇幅占了很大比例。除了前面提到的诸位，还有中学老师董秋芳、鞠思敏、胡也频，校长宋还吾，山东教育厅长何仙槎，大学老师叶公超，北大校长胡适，德国老师瓦尔德施米特、西克，以及亦师亦友的梁实秋、汤用彤、曹靖华、老舍、沈从文、郎静山、周培源、许国璋、冯至、吴组缃、胡乔木、乔冠华、许衍梁、臧克家、张中行，等等。先生说，他写这类文章，绝不是随心适性，信笔所至，而是异常珍贵，甚至是超乎寻常的、神圣的。珍贵在什么地方？神圣在什么地方？一句话，就是吾国吾民尊师重友的光荣传统，我想。这又是一句老话，老得谢了春红，落了秋叶。尽管如此，我还是属望它重新抽出新芽。"捣麝成尘香不灭，拗莲作寸丝难绝。"谁都承认鲁迅的伟大，然而，想想看，假如从鲁迅全集中抽去《藤野先生》《关于太炎先生二三事》，以及《范爱农》《忆刘半农》《悼杨铨》诸篇，先生的人格还会有如此厚重、高大吗？

当然，在追求真理的过程中，也有出于大义，不得不"谢本师"的，如章太炎之脱离俞樾，周作人之脱离章太炎。这种情况，毕竟是少数。更多地，则应凸现为师恩如海。说师道尊严，又有什么不对？尤其当他或她代表了一种文化精粹。在尊师上，季先生堪为模范标本。据他的研究生钱文忠随记，一九九〇年一月三十一日，年届八十的季先生为冯友兰、朱光潜、陈岱孙三老拜年。每到一家，不论见到的是对方的夫人、女儿、女婿，还是老先生本人，他都身板挺得笔直，坐在沙发的角上，恭恭敬敬地表示祝贺。另据先生自己记述，那年暮春，先生于八十八岁的高龄访台，百忙中，还特地抽空去了北大老校长胡适、傅斯年二公的陵墓，鞠躬献花如仪，一洒多年不见的哀思。

尊人者，势必得到人的尊重。这是常理。就在这个晚上，当我坐在湖边怡然遐想，通向季先生寓所的湖滨小道，走过一拨又一拨的年轻学子。他们中，也许有那位驾驶白色轿车的青年，或者在先生门口留下祝福的日语班学生；从偶尔飘进耳膜的片言只语，确信不少谈话都与先生有关。即使是坐在对岸树影下的那双恋人，一边饕餮荷花的芳泽，一边沐浴在爱情的天河，他们若是想到这满湖的莲蕊与连理，都是先生亲手所播，只怕在含情脉脉之余，也会向先生窗口的灯光，投去满怀祝福的一瞥。

（有删减）

回望钱学森

钱学森的经典形象

一次乘火车去济南,我手捧一册《钱学森学术思想》打发时光,这是一册难啃的大部头,且不说学识宏富,包罗万象,光那六百多页密密麻麻的文字,翻起来就令人头晕。这时,不,那时,我的邻座,一位四十来岁的汉子,似乎也对这书满怀兴致。我拿眼瞄他,他拿眼瞄书。我停止阅读,问:"你知道钱学森吗?"他答:"知道一些。""说说看,你都知道些什么?"我立刻进入即兴调查。汉子清清嗓子,说:"我也是从报上看到的,钱学森地位高,家里用着炊事员。一天,炊事员对钱学森的儿子钱永刚讲,你爸爸是个有学问有文化的人。他儿子听了,觉得好笑,心想,这事还用你说。炊事员不慌不忙,接着讲,你爸爸每次下楼吃饭,都穿得整整齐齐,像出席正式场合,从来不穿拖鞋、背心。明白不,这是他看得起咱,尊重咱。钱学森的儿子听罢一愣,懂得炊事员是在敲打自己。报道没说这事发生在哪一年,钱学森的儿子当时是几岁,反正,他儿子听了炊事员的话,从此就向父亲学习,每逢去餐厅吃饭,必穿戴得整整齐齐。"

还有一次,是在中科院一位朋友的办公室。我去时,朋友在欣赏一卷《钱学森手稿》。我说是欣赏,他眼中流露的正是这样的目光。这一套手稿,分两卷,五百多页,是从钱学森早期的手稿中遴选出来的。朋友说,这里面还有个故事。一九三五年到一九五五年,钱学森在美国待了二十年,留下大量的科研手稿。钱学森有个美国朋友,也是他的同事,就把那些手稿收集起来,到了二十世纪九十年代又把它完璧归赵,送还给钱学森。现在,我们看到的就是其中的一部分。笔者拿过来翻了翻,与其说是手稿,莫如说是艺术品。无论中文、英文,大字、小字、计算、图表,都工工整整,一丝不苟,连一个小小的等号,也长短有度,中规中矩。钱学森的手稿令我想到王羲之的《兰亭序》、张择端的《清明上河图》,进而想到他唯美的人格。如是我闻:在美国期间,钱学森仅仅为了解决一道薄壳变形的难题,研究的手稿就累积了厚厚一大摞,在工作进展到五百多页部分，他的自我感觉是："不满意！！！"直到八百多页时，才长舒一口气。他把手稿装进牛皮纸信封，在外面标明"最后定稿"，继而觉得不妥，又在旁边添上一句："在科学上没有最后！"

对于笔者来说，印象最为深广深刻的，是他如下的几句老实话。回顾学生时代，钱学森明白无误地告诉人们："我在北京师大附中读书时算是好学生，但每次考试也就八十多分；我考取上海交大，并不是第一名，而是第三名；在美国的博士口试成绩也不是第一等，而是第二等。"八十多分，第三名，第二等，这哪里像公众心目中的天才学子？然而，事实就是事实，钱学森没有避讳，倒是轮到世人惊讶，因为他们已习惯了把大师的从前和卓越、优异画等号。钱学森的这份自供，同时也纠正一个误区：一个人的成才与否，跟考试成绩并不成绝对正比。不信，可去查查当年那些成绩排在钱学森前面的同学，作些比较分析。

钱学森的天才是不容置疑的。根据已故美籍华裔女作家张纯如的采访，麻省理工的学子曾对他佩服不已。有一回，钱学森正在黑板上解一道十分冗长的算式，有个学生问了另一个与此题目无关但也十分困难的问题，钱学森起初不予理会，继续在黑板上写算式。"光是能在脑袋中装进那么多东西，就已经够惊人了，"一位叫作哈维格的学生回忆，"但是更令我们惊叹的是，他转过身来，把另一个复杂问题的答案也解答出来！他怎么能够一边在黑板上计算一个冗长算式，而同时解决另一同样繁复的问题，真是令我大感不解！"

　　天才绝对来于勤奋。钱学森在加州理工的一位犹太籍的校友回忆："有天一大早——是个假日，感恩节或圣诞节——我在学校赶功课，以为全幢建筑物里只有我一个人，所以把留声机开得特别响，还记得我听的是有个特别响亮的高潮的《时辰之舞》。乐曲高潮到一半时，有人猛力敲我的墙壁。原来我打扰到钱学森了。我这才知道中国学生比犹太学生更用功。后来他送我几份他写的关于近音速可压缩流体压力校正公式的最新论文，算是对于曾经向我大吼大叫聊表歉意。"钱学森在麻省理工的一位学生麦克则回忆：钱学森教学很认真，全心全意放在课程上。他希望学生也付出相同的热忱学习，如果他们表现不如预期，他就会大发雷霆。有一次，他要求麦克做一些有关扇叶涡轮引擎的计算，麦克说："我算了好一阵子，但到了午餐时间，我就吃饭去了。回来的时候，他就在发脾气。他说：'你这是什么样的科学家，算到一半竟敢跑去吃中饭！'"

关于归国后的钱学森，这里补充两个细节。一、你注意过钱学森的履历表吗？他是先担任国防部五院院长，然后改任副院长。这事不合常规，怎么官越做越小，难道犯了什么错误？不是的。原来，钱学森出任院长时，只有四十五岁，年富力强，正是干事业的好时光。但是院长这职务，按照现行体制，是一把手，什么都得管，包括生老病死，柴米油盐。举例说，底下要办一个幼儿园，也得让他拨冗批复。钱学森不想把精力耗费在这些琐事上，他主动打报告，辞去院长职务，降为副院长。这样一来，他就可以集中精力，专门抓业务了。二、钱学森晚年与不同领域的后辈有过多次学术合作，在发表文章时，他常常坚持把年轻人的名字署在前面。这种胸怀与情操，在当代，就很少有人能与之匹敌。

钱学森鲜为人知的一面

在张纯如的笔下，钱学森有着十分粗犷而任性的硬汉形象。譬如说，二十世纪四十年代初，钱学森在加州理工学院为一批攻读硕士学位的军官上课。他当年的学生们回忆，他上课总要迟到几分钟，正当大家猜测他今天会否缺席时，他快速冲进教室，二话不说，抓起粉笔就在黑板上写开了，直到用细小而工整的字迹填满所有的黑板为止。

有次，一个学生举手说："第二面黑板上的第三个方程式，我看不懂。"钱学森不予理睬。另一个学生忍不住发问："你不回答他的问题吗？"钱学森硬邦邦地说："他只是在叙述一个事实，不是提出问题。"又有一次，一个学生问钱学森："你刚提出的问题是否万无一失？"钱学森冷冷地瞪了他一眼，说："只有笨蛋才需要万无一失的方法。"钱学森教学，没有小考、大考，也不布置家庭作业。课后，学生们只能绞尽脑汁地温习课堂笔记，那都是纯数学，一个方程式接一个方程式。期末考试，钱学森出的题目极难极难，全班差不多都吃了零蛋。学生有意见，找上级教授告状。钱学森对此回答："我又不是教幼儿园！这是研究所！"

数年后，钱学森转到麻省理工学院，为航空系的研究生开课。在那儿，学生们的回忆同样充满恐怖色彩。诸如："人人知道他是个自我中心的独行客。""他在社交场合总显得惴惴不安，学生觉得他冷漠高傲。""他总是独来独往——不搭理人，学生都不喜欢他。""他非常冷淡，没有感情。""他是我见过的最难以亲近而惹人讨厌的教授。他好像刻意要把课程教得索然无味，让学生提不起兴趣似的。他是个谜。我既不了解他，也没兴趣去了解。""钱教授作为一个老师，是个暴君。""大多数学生不了解他，甚至怕他。我知道起码有一个相当不错的学生，是被他整得流着眼泪离校的。"

还有更加不近人情的描述：钱学森在校园中是个神秘人物。除了上课，教师和学生都只偶尔在古根海姆大楼跟他擦肩而过。他总是把自己关在研究室里，学生跑去请教问题，他随便一句"看来没问题嘛"，就把他们打发走。有时他完全封闭自己，不论谁去敲门，哪怕是事先约好的，他也会大吼一声："滚开！"

以上细节，恐怕都是真实的，因为张纯如写的是传记，不是小说，她经过扎扎实实的采访，所举的事例都出于当事者的回忆。但这样的细节，很难出自我们记者的笔下，不信你去翻看有关钱学森的报道，类似的描述，保证一句也没有。多年来，我们的思维已形成了一种定势，表现科学家、出类拔萃的大师，照例是温文尔雅、和蔼可亲、平易近人、循循善诱，等等。千人一面，千篇一律，苍白得可怕，也枯燥得可怕。

大师就是大师，无一例外充满个性色彩。因此我说，张纯如笔下的钱学森，其实更加有血有肉，生气充盈，因而，也更加惹人喜爱。

先生之风

与张从、奚学瑶二兄合编一部《燕园梦忆》，组稿完毕，分头审读。全书共三辑，我负责首辑，逐篇逐段斟酌，逐句逐字推敲，初审、再读、终校，及至付梓，那一辑的文字，已沦肌浃髓，铭心刻骨，恍若化成我的血肉。

西山苍苍，未名泱泱。闲时偶尔回眸，率先浮现脑海的，是燕南园57号。那是"一座双开门的古典式宅院，门口有一对小石狮门墩，院墙上爬满紫藤，三棵老松树挺立院中，后院还有一棵枝叶茂密的核桃树"。

燕南园隶属于燕园，57号的首任主人，即燕京大学创办者司徒雷登。一九五二年，燕大撤销，并入北大，它也换了新主——北大党委书记兼副校长江隆基。

哲学家冯友兰住在54号，占据两层小楼的一层。江隆基有一天前往拜访，他看到房间偏少而图书偏多，可谓汗牛充栋，满坑满谷。如此拥挤不堪，冯先生怎能自如地做学问？江隆基当即提出，把自家的57号让给冯先生。

"让给我，您住哪儿？"

"就住您这一层。"

"不行，您家人口多，我这一层，住不下。"

冯先生说的是实情，江书记家里有五个小孩，外带一位保姆。

江隆基淡然一笑："我打延安过来，这一层比窑洞宽敞十倍。"

"君子不掠人之美啊。再说，我也待过西南联大，住过土坯房。"

问题僵持不下。

50号宅主、副教务长严仁赓站了出来："我家人口少（膝下只有一个女儿），可以把我的住房和冯先生的对调。"

江隆基前往50号察看，这是一处新建的平房，优点是独门独院，朴实而安静，缺点是没铺木地板，也没有暖气设备。他斟酌再三，决策"三角换房"：冯先生入住57号，严先生入住冯宅，自家入住50号。

江书记高风亮节，严教务长庖丁解牛，切中肯綮，冯先生只好"恭敬不如从命"——党性、政务、哲理、诗意,在这里"踏着石头过河",步步生花,步步莲花。

陈阅增,也是我忘不了的名字。忘不了的事情很琐碎,也很见风骨。譬如,陈阅增身为生物学系主任,也是校招生办成员,某年,他二儿子参加高考,第一志愿是北大生物学系,他忌讳瓜田李下,主动辞去招生办的职务。录取结束,他二儿子成功考上北大,有位知情的老师前来报讯,老远就扯开嗓门高呼:"陈先生,令郎高中了!"结果,人家从正门进,他则从旁门出。他认为,金榜题名乃国之大事,应以录取通知为准,任何小道消息都作不得数,而且违纪犯律。

陈阅增恪守正道。他予人的是什么呢?北大毕业,预定留校任助理,而他的一位同窗恰恰也渴求这个职位,他便急人所急,拱手相让;尔后重回北大,公派赴英国剑桥大学读博,学成归来,评定职称,本可获得高等级的教授,但他觉得不可与昔日师尊平起平坐,坚持接受低一等级的;他所在的中关园小区建幼儿园,需要一套宽敞的房子,他主动把自家100平方米的四居献出来,改住75平方米的三居。他予己的是什么呢?是内心的平和、淡定、坦然,是渊渟岳峙、光风霁月。

老子说:"不自见,故明;不自是,故彰;不自伐，故有功；不自矜，故长。夫唯不争，故天下莫能与之争。"晚年，陈阅增领衔编写一本《普通生物学》，稿成，未及付梓，遽归道山。数年后，其他的编委补充修改，推出了第二版，书名赫然改成《陈阅增普通生物学》。以个人命名的理科教材，在当年，除了《林巧稚妇科肿瘤学》，别无第二册。众位编委说："陈先生一生隐名、埋名，这回，我们就是要还他一个光耀杏坛的大名。"

二十世纪五六十年代，北大教授凤毛麟角，在这个屈指可数的小圈子里，有一位名气不小但著作并不等身甚至可说是寥寥无几的先生，他就是汪篯。汪篯之名，得之于他是陈寅恪的高足，更得之于他个人的学术天赋。有论者说，汪氏著作虽少，但精粹独到，尤多发人之所未发，见人之所未见。汪篯是治隋唐史的，这方面我是外行，无从置喙。我记住他，是因为他少年时代的一件逸事。

一九三四年，汪篯报考清华大学。当时文理不分科，他报的是历史系，总分居全部考生的榜眼，让人万万没想到的是，他数学独得满分一百。

那年数学试卷有一道题无解。怎么会无解？因为题目出错了。考生们将错就错，自然错得一塌糊涂。

唯有汪篯看出了差错，也唯有汪篯动手修正，然后，按修正后的题目圆满解答。当然，其他题亦答得正确无误。

汪篯的满分，也源于判卷老师的虚怀若谷，承认那道题命题失误，承认考生比自己高明。

陈寅恪先生有个判断：数学好，逻辑思维就强。所以，他尽管教的是历史，却偏爱"心中有数"的弟子。

沈克琦，我以前没听过他的名字，此番却一读倾心，首先记住的是他少时的一次猜谜。初二那年，学校举行猜谜游戏，所有的谜语都被人破解，仅剩下一条，谜面为"good morning"，要求打一汉字，彻底难倒众人，无一能猜出谜底。沈克琦不甘受挫，散学回家，仍绞尽脑汁，冥思苦想。终于，灵光一闪，脑洞大开："good morning"英文谓"早安"，这是西方人的问候语，对应汉字，不就是"谭嗣同"的"谭"吗？你看，一个"谭"字，横读是"言西早"，竖读是"西言早"，反读是"早西言"，都和"good morning"吻合。次日上学，他把谜底告诉主办活动的老师。老师闻言大喜，特意嘉奖他一册《英汉双解词典》。

怎样的联想与思考，才能在英文"good morning"和汉字"谭"之间自由切换，架起跨文化、跨语言的桥梁！怎样的脑筋急转弯，才能穿透浓云迷雾，闪现出如此璀璨夺目的智慧火花!

　　沈先生由物理系教授一路做到系主任，做到北大副校长。他还有一项兼职——全国中学生物理竞赛委员会主任。这是个接地气的职位，经常有学子慕名写信，反映各种各样的问题，沈先生接信必复——可谓始于晏晏，继于谆谆，终于殷殷。一日，某封来信尚未答复，家人整理书案，当废纸扔进了纸篓，少顷，又倒进楼下的垃圾桶。沈先生察觉，飞速下楼，从垃圾桶里把它翻了出来。

　　沈先生的飞身下楼，值得漫画家大画特画——贤哉沈先生!

　　四川广元有位王姓高二学生，参加全国中学生物理竞赛，斩获二等奖。胜利激发勇气，他提笔给沈主任写信，询问未来的路应该怎样走。"瞄准目标，夯实基础。"沈先生明确指出，"当务之急是冲刺高三，挑战北大。"王同学接函，眼前像幽暗的矿井升起一盏强光灯。他遵照沈老的嘱咐踔厉奋发，次年，如愿——也如沈老所愿——考上了北大。

　　先生之风，山高水长，光华无远弗届，润物潜移默化。一代大贤大哲的言与行，必将与燕园同其苍翠，共其芬芳。

杨绛：天生一颗读书种子

杨绛八岁随父母南下，在无锡、上海读小学。十二岁，进入苏州振华女校。初中阶段，国文老师教授老子《道德经》选段，她背得滚瓜烂熟。有一天，父亲拿出《左传》，教她其中一篇，她不过瘾，私下通读了全书。杨绛小学的后半期是在上海启明女校度过的，那是所教会学校，所以她英文功底较好。振华英文课本上有 Ivanhoe（《艾凡赫》）的选段，她不满足，暑假找来原著，前半部生字较多，边查字典边啃，到得后半部，生字渐少，越读越顺，她尝到了读原著的乐趣。杨绛有时借病不去上课，在寝室偷读狄更斯的英文作品。假期加读中文典籍。父亲有一次问她："阿季（笔者注：杨绛小名），三天不让你看书，你怎么样？"她说："不好过。""一星期不让你看呢？"她说："一星期都白活了。"

高一时，国文课本上有李后主的词，杨绛一读之下，若有宿缘，爱不释手。课余，她找来大量李后主的词，以及其他诗人的作品来读。父亲评价杨绛，说她"喜欢词章之学"。其实，父亲自己也钟爱诗歌，尤其耽读杜甫的诗。杨绛记得，父亲过一阵就会对她说："老杜的诗，我又从头到尾读了一遍。"父亲读而不作，是纯观赏派。父亲每天晚上临睡前，总爱高声朗诵诗词，那时，杨绛就常常站在他的身边，看着他的书旁听。

高中国文老师在班上开讲诗词，也让学生试作，这正中杨绛的下怀，她调动腹笥，精心结构，完成的作业，常常高人一等，颇得老师赏识，有好几篇，被推荐在《振华校刊》发表。下面这首"五古"，就是其中之一：

斋居书怀

松风响飕飕，岑寂苦影独。
破闷读古书，胸襟何卓荦。
有时苦拘束，徘徊清涧曲。
俯视溪中鱼，相彼鸟饮啄。
豪谈仰高人，清兴动濠濮。
世人皆为利，扰扰如逐鹿。

安得遨游此，翛然自脱俗。

染丝泣杨朱，湆焉泪盈掬。

今日有所怀，书此愁万斛。

老师给的批语是"仙童好静"。

杨绛上课，不光带了耳朵，还带了脑瓜和嘴。有次国文课上，一位姓马的先生讲胡适的《哲学史大纲》，说到古人公孙龙的一个命题，"白马，非马也"。杨绛立马顶牛："不通，就是不通。假如我说马先生非人也，行吗？"杨绛这里显出了黠慧冲动的个性。马先生不以为忤，笑着反唇相讥："杨季康（笔者注：杨绛的本名），非人也；杨季康，非人也。"这一师一生，在课堂上玩起了文字游戏。此情此景，令笔者想起当年陈衡哲与胡适的通信："你不先生我，我不先生你；你若先生我，我必先生你。"有同学见状，乘机起哄，说："喔！马先生原来不是人噢！"结果挨了马先生的臭骂（嘻嘻，你也不掂量掂量自己的斤两）。而始作俑的杨绛，却怡然观变，平安无事。

一九二八年，杨绛十七岁，她用五年修完六年的中学课程，提前一年从振华毕业。杨绛一心一意要报考清华外文系，孰料起了个大早，却赶了个晚集——是年清华开始招收女生，但是南方没有名额。杨绛不得已，转而报考南京金陵女子文理学院和苏州东吴大学。金陵女大，她考了第一名。东吴大学初试第一，复试第二，状元为孙令衔夺得；但是校方说，论真本事，状元仍应该是杨绛，因为孙令衔是东吴附中毕业的，复试的考题，他在中学曾经做过。

杨绛选择了东吴。这是根据家人和中学老师的意见，他们认为男女同校有利于广交朋友，健康发展。第一年不分文科理科，各门功课一起学。到了第二年，要分专业了，杨绛遇到了难题：她喜好文学，但是东吴的文科只有法预科和政治系。杨绛选择法预科，她想的是父亲已经退出官场，从事律师行业，自己学了法律，将来可以当父亲的助手，再说，在法政部门做事，有机会接触社会上的方方面面，熟悉人间百态，有利于将来写小说。出乎杨绛的意外，父亲虽然干着律师，却不爱这个职业，坚决反对女儿步其后尘。杨绛在法预科读了一年，无奈，又改读政治。这是唯一的选择。

杨绛对法律兴趣不大，对政治更是索然寡味。尽管如此，在英才济济的东吴大学，她很快就以自己超群的实力，奠定了才女的地位。杨绛是那种过目不忘、一点就通的学生，她不用头悬梁、锥刺股，从不开夜车。杨绛进校之初，童心未泯，课堂上还和同学玩吹球，她双手合成船式，小球可绕手指转十几转。大一大二，个别功课偶尔失手，降为二等。到了大学三年级，她的各门功课，包括"四肢发达"的体育，都夺得一等。像她这样的"纯一"，全校只有三个，四年级一名，她班上两名，另外一名，是学理科的徐献瑜。

杨绛中英文俱佳，是班上的"笔杆子"，东吴大学一九二八年英文级史、一九二九年中文级史，都出自她的手。杨绛喜欢音乐，能弹月琴，善吹箫，工于昆曲。大学期间，她还自修法文，拜了一位比利时的夫人为师，学了一口蛮地道的法语。

季式幽默，百炼钢化为绕指柔

说到幽默，二十世纪以来，名头最响的，为林语堂。"绅士的讲演，应当是像女人的裙子，越短越好。"这是他的经典招牌。其次是老舍。譬如他的《离婚》的开场白："张大哥是一切人的大哥。你总以为他的父亲也得管他叫大哥，他的'大哥'味儿就这么足。"再其次是钱锺书。例如他在《一个偏见》中说："依照生理学常识，人心位置，并不正中，有点偏侧，并且时髦得很，偏倾于左。古人称偏僻之道为'左道'，颇有科学根据。"此三人外，还有谁？笔者没有调查，所以按照伟人的说法，就没有发言权。但我还是忍不住要说，因为我知道，至少还有一个季羡林。

季羡林于二十世纪三十年代开始为文，检点他早期的作品,庄重有之,机警有之,清新活泼有之,但与幽默无涉。直至一九四七年六月,他写了一篇《送礼》,叙述了发生在他们老家的一个特殊习俗:一盒点心,甲送给乙,乙转送丙,丙转送丁,转来转去,最后,隔了一年半载,甚至更长的时间,又奇迹般地转到甲的手里。点心当然是不能吃了,人情却是丝毫无损。季羡林有感于斯,在故事的结尾突然宕开一笔,说:"我虽然不怎样赞成这样送礼,但我觉得这办法还算不坏。因为只要有一家出了钱买了盒点心,就会在亲戚朋友中周转不息,一手收进来,再一手送出去,意思表示了,又不用花钱。不过这样还是麻烦,还不如仿效前清御膳房的办法,用木头刻成鸡鱼肉肘,放在托盘里,送来送去,你仍然不妨说:'这鱼肉都是新鲜的。一点小意思,千万请赏脸。'反正都是'彼此彼此,诸位心照不宣'。绝对不会有人来用手敲一敲这木头鱼肉的。这样一来,目的达到了,礼物却不霉坏,岂不是一举两得?在我们这喜欢把最不重要的事情复杂化了的礼仪之邦,我这发明一定有许多人欢迎,我预备立刻去注册专利。"——谐而不谑,谬而成趣,这是我在季羡林的文章中读到的最初的幽默。

　　季羡林的幽默,神龙一现,随即就从文章里消失了。在整个二十世纪五十年代、六十年代、七十年代乃至八十年代，都难觅它的踪影。林语堂说："有了超脱派，幽默自然出现了。"季羡林什么时候有了超脱？大抵是在二十世纪九十年代初。方是时，他饱历沧桑，看淡红尘，性灵趋向开张，言论趋向诙谐。试读他这时期的下列文字。

之一："前几年，中国敦煌吐鲁番学会在富丽堂皇的北京图书馆的大报告厅里举行年会。我这位画家老友是敦煌学界的元老之一，获得了普遍的尊敬。按照中国现行的礼节，必须请他上主席台并且讲话。但是，这却带来了困难。像许多老年人一样，他脑袋里刹车的部件似乎老化失灵。一说话，往往像开汽车一样刹不住车，说个不停，没完没了。会议是有时间限制的，听众的忍耐也绝非无限。在这危难之际，我同他的夫人商议，由她写一个简短的发言稿，往他口袋里一塞，叮嘱他念完就算完事，不悖行礼如仪的常规。然而他一开口讲话，稿子之事早已忘之九霄云外，看样子是打算从盘古开天辟地讲起。照这样下去，讲上几千年，也讲不到今天的会。到了听众都变成了化石的时候，他也许才讲到春秋战国！我心里急如热锅上的蚂蚁，忽然想到：按既定方针办。我请他的夫人上台，从他的口袋里掏出了讲稿，耳语了几句。他恍然大悟，点头称是，把讲稿念完，回到原来的座位。于是一场惊险才化险为夷，皆大欢喜。"（《忘》）

之二:"也是由于因缘和合,不知道是怎样一来,我认识了中行先生。早晨起来,在门前湖边散步时,有时会碰上他。我们俩有时候只是抱拳一揖,算是打招呼,这是'土法'。还有'土法'是'见了兄弟媳妇叫嫂子,无话说三声',说一声'吃饭了吗',这就等于舶来品'早安'。我常想中国礼仪之邦,竟然缺少几句见面问安的话,像西洋的'早安''午安''晚安'等。我们好像挨饿挨了一千年,见面问候,先问'吃了没有'。我和中行先生还没有饥饿到这个程度,所以不关心对方是否吃了饭,只是抱拳一揖,然后各行其路。"(《我眼中的张中行》)

之三:"在北京大学校内,老教授有一大批。比我这个八十九岁的老人更老的人,还有十几位。如果在往八宝山去的路上按年龄顺序排一个队的话,我绝不在前几名。我曾说过,我绝不会在这个队伍中抢先夹塞,只是鱼贯而前。轮到我的时候,我说不定还会溜号躲开,从后面挤进比我年轻的队伍中。"(《迎新怀旧——二十一世纪第一个元旦感怀》)

——如果你的想象力无损,相信你嘴角会浮出会心一笑;幽默,已是季羡林区别于其他当代散文家的一大特色。

季羡林的幽默笔法，在《牛棚杂忆》中锤炼成熟，百炼钢化为绕指柔，使用起来得心应手，婉转自如。譬如，他记述北大亚非研究所的一次内部批斗："屋子不大，参加的人数也不多。我现在在被批斗方面好比在老君八卦炉中锻炼过的孙大圣，大世面见得多了，小小不然的，我还真看不上眼。这次批斗就是如此。规模不大，口号声不够响，也没有拳打脚踢，只坐了半个喷气式。对我来说，这简直只能算是一个'小品'，很不过瘾，我颇有失望之感。至于批斗发言，则依然是百分之九十是胡说八道，百分之九是罗织诬陷，大约只有百分之一说到点子上。总起来看水平不高。批斗完了以后，我轻轻松松地走回家来。如果要我给这次批斗打一个分数的话，我只能给打二三十分，离及格还有一大截子。"又譬如，针对"劳改大院"的标语，他写道："劳改大院……落成之后，又画龙点睛，在大院子向南的一排平房子的墙上，用白色的颜料写上了八个大字：横扫一切牛鬼蛇神，每一个字比人还高，龙飞凤舞，极见功力。顿使满院生辉，而且对我们这一群'牛鬼蛇神'极有威慑力量，这比一百次手执长矛的训话威力还要大。我个人却非常欣赏这几个字，看了就心里高兴，窃以为此人可以入中国书谱的。我因此想到，在'文化大革命'中，写大字报锻炼了书法，打人锻炼了腕力，批斗发言锻炼了诡辩说谎，武斗锻炼了勇气。对什么事情都要一分为二。"再又譬如，他描写"牛棚晚间训话"："这样的景观大概只有在十年浩劫中才能看到。我们不是非常爱'中国之最'吗？有一些'最'是颇有争议的；但是，我相信，这里绝无任何争议。因此，劳改大院的晚间训话的英名不胫而走，不久就吸引了大量的观众，成为北大最著名的最有看头的景观。简直可以同英国的白金汉宫前每天御林军换岗的仪式媲美了。每天，到了这个时候，站在队列之中，我一方面心里紧张到万分，生怕自己的名字被点到；另一方面在低头中偶一斜眼，便能看到席棚外小土堆上，影影绰绰地，隐隐约约地，在暗淡的电灯光下，在小树和灌木的丛中，站满了人。数目当然是数不清的。反正是里三层外三层的人不在少数。这都是赶来欣赏这极为难得又极富刺激性的景观的。这恐怕要比英国戴着极高的黑帽子，骑在高头大马上的御林军的换岗难得得多。这仪式在英国已经持续了几百年，而在中国首都的最高学府中只持续了几个月。这未免太煞风景了。否则将会给我们旅游业带来极大的经济效益。"——这样的文字，在《牛棚杂忆》中比比皆是，庄谐并出，冷眼向洋，随处可见泪中闪笑，笑中闪泪。倘若作者换成另一副笔墨，通篇呼天抢地，声嘶力竭，是不会收到如此引人入胜、过目难忘的效果的。

末了，仍回到本篇开头。林语堂于幽默是有大功的：是他，首创把英文 Humour 译为幽默；也是他，公开把幽默纳入理论和实践。除了"绅士的讲演，应当是像女人的裙子……"外，林语堂还有一个经典妙喻，那是在巴西的一个集会上讲的。他说："世界大同的理想生活，就是住在英国的乡村，屋子安装有美国的水电煤气等管子，有个中国厨子，有个日本太太，再有个法国情妇。"老舍是不世出的语言大师，他的幽默，是化在字里行间的。不论长篇短篇，篇篇皆然。譬如他的《著者略历》："舒舍予，字老舍，现年四十岁，面黄无须。生于北平，三岁失怙，可谓无父。志学之年，帝王不存，可谓无君。无父无君，特别孝爱老母，布尔乔亚之仁未能一扫空也。幼读三百千，不求甚解。继学师范，遂奠教书匠之墓。及壮，糊口四方，教书为业，甚难发财；每购奖券，以得末彩为荣，示甘于寒贱也。二十六岁，发愤著书，科学哲学无所懂，故写小说，博大家一笑，没什么了不得。三十四岁结婚，今已有一女一男，均狡猾可喜。闲时喜养花，不得其法，每每有叶无花，亦不忍弃。书无所不读，全无所获，并不着急。教书作事，均甚认真，往往吃亏，亦不后悔。如是而已，再活四十年也许能有点出息！"钱锺书是学贯中西的大学者，幽默亦如其人，处处闪射出渊博与睿智。譬如《围城》中的这一段："方鸿渐还想到昨晚那中国馆子吃午饭，鲍小姐定要吃西菜，说不愿意碰见同船的熟人。便找到一家门面还像样的西餐馆。谁知从冷盘到咖啡，没有一样东西可口：上来的汤是凉的，冰淇淋倒是热的；鱼像海军陆战队，已经登陆好几天；肉像潜水艇的士兵，会长时期伏在水里；除醋外，面包、牛油、红酒无一不酸。两人吃得倒尽胃口，谈话也不投机。"

与以上三位大家相比，季羡林的幽默完全是另一种路数：首先，他不是刻意回避政治，枉顾左右而言他，而是拍案而起，挺身站在时代的潮头，这就使他的笔墨带上了鲁迅遗风；其次，他用的是大白话，爽脆明快，通俗易懂，读者无须绞尽脑汁，横揣竖摩，便能发出会心的一笑；再其次，他的语调一本正经，立论堂而皇之，轻蔑胜于嘲讽，怜悯大于谴责；以及第四、第五……嗯，第四是什么？第五又是什么？这个，这个，对不起，我还没有仔细考虑——我嘛，老实交代，不过是个"印象派"，眼到意到笔到，张口就来，信笔涂鸦，并未作过任何研究。

韩美林——工作证上贴的是猫头鹰

韩美林的姿态令人击节,且看他的自我定位:"我没有多大的本事,只能画点狗呀猫呀的画,且感到离'自成一家'相去甚远,'大功'也尚未告成。""我经常照镜子,看到镜子里的我一年年地变老、变胖,时喜、时怒、时哀,可怎么也看不出像个画家。"这就是韩美林,嘻嘻哈哈,轻松幽默,不像某些人,动不动就挺胸、仰脖、鼻孔朝天,作独步天下、举世无双状。

因为从底层来,从贫困中来,从被侮辱被迫害中来,韩美林比常人更富有人性。韩美林以画动物知名,他愤怒地指出:"世界上还有几种动物没受人的侵害?咱们吓唬孩子时老是把老虎和狼搬出来,岂不知虎崽、狼崽从虎妈妈、狼妈妈那里听到的可是'人来了!'。在非洲有个民族娶个媳妇必须得杀死一只狮子,这狮子能不灭绝吗?所以幼狮一生下来不到三个月就得学会狩猎和警戒。小小的羚羊生下来十分钟就站起来走路了,第二天就跟着妈妈时速五十多公里地逃命。为了生存,小海龟一生下来就往海里跑,小小年纪要游上五千海里到达它们生存的南美洲。我们人呢?一个十五岁的人也还是个孩子,十五岁能以时速五十多公里奔跑吗?十五岁能不断地游五千海里吗?我们刚刚生下的婴儿能在十分钟内站起来又走又跑吗?世界很奇怪,我们人类生活比动物强,为什么?因为人类有个脑子。也正是这个脑子,人类为自己创造的生活条件,又使人类的生存能力逐渐退化而不及动物,这相辅相成的道理,在人类文明史上早已证实。将来人类文明有可能被文明所毁掉,这表现在替代人类劳动的高科技,以及无休止的能源开发、大气污染、环境破坏、植物减少、水土流失、人口膨胀、教育失衡,等等。"韩美林进而呼吁:

"我的作品里绝大部分是动物,它们是人类的朋友,也是生在地球村的邻居,我们人类没有权利把它们毁灭。试想,这个世界上一切都消失了,只剩尴尬地站着手里抱着一堆钱的人。这世界还有意思吗?"

你想知道工作中的韩美林吗?

韩美林是典型的工作狂。他自言像一个活塞,哪一方面来的力量都照转，时间长了就成了习惯，习惯就成了自然。因此，他喝着稀饭与朋友聊着天，两个多小时九十三张猫头鹰就跃然纸上。一次在深圳，他半夜起来为夜猫子抱不平，下床提笔，用了两天时间画了三百多幅"讨人嫌"。他还想继续画，但是身体闹别扭，足足住了半个月医院，否则，他会跟夜猫子没完没了。又一次，某出版社向他约三本画册，他坐下来没动窝，不到一星期就全部画出，结果，唉，患了一屁股褥疮！

这里还要加一个注：韩美林是天才型的画家。他的天才表现在什么地方？举其一：以他在中国美术馆举办的一个展览为例，他"瞬间"连续画出的那些小狐狸、小狗之类，一张与一张不一样，绝无雷同。让我激动的不是他的技法，而是他活现了小动物们那种率真，那种稚爱，那种秉承天地之灵的神性。

二十世纪八十年代末，中国美术家协会成立了"韩美林工作室"。集合到韩美林麾下的，是一帮没有上过大学的艺术青年，上班第一天，每个人都得到一盘贝多芬的《第九交响曲》的磁带，韩美林告诉他们："要指挥就要去指挥第九交响乐，不要到耍猴的那里敲锣去！"墙上贴着一副对联："英雄笑忍寒天，上牙打下牙；好汉不怕茹饥，前心贴后心。"横批是："上下贴心。"寒冬腊月，工作室的伙伴在高空架上做雕塑,吃着馒头、喝着汽水、唱着《红高粱》插曲,分不出是男、是女、是老、是少,也分不出是泥、是汗、是血、是石膏……这就是炼狱,这就是苦海!

长期超负荷运转,韩美林得了劳累型心肌梗死,二〇〇一年元月十七日,他在阎罗殿转悠了三个多小时。手术中,他的动脉血管因老化而破裂,幸亏遇上了好医生,中国心血管病的"八大金刚"都在他的手术台上……上万病例中只有一个活下来,那就是他!

死里逃生,韩美林应该把节奏放慢一点了吧?不,他依然故我。韩美林在当年年终自供:"我今天的状态连家人也不相信,每天十八个小时以上的工作量。糖尿病已经与我共处十三年。没有三多一少,更没有精神不振。下了心脏手术台不久,我就带着工作室全体人马去了河南禹州。这里是著名的钧瓷发祥地,是众炉之首。但是近几十年,由于品种少、滥制滥烧,已使她失却了昔日的光辉。这次'大篷车'下到禹州已经是第五次了。与陶区的朋友不同吃、不同住、不添乱,我们自己拉坯、自己盘泥,两个半月下来共创作了七百多个品种一千多件作品,轰动了陶瓷界。汗没白流!"

韩美林个子不高,只有一米六五,行动却是顶天立地的男子汉,他说:"人生只有一次,做不出晃动地球的壮举来也得活得轰轰烈烈,我常对人说:'还有两角钱也得潇潇洒洒!'"又讲:"就不诉苦!再怎么折磨我,我永远乐观。心态不老,永远不老。""心底一汪清水。没有过夜的愁,不生过夜的气,所以也没有过夜的病。""我时时刻刻都是一只快活的大苍蝇。"

在动物中,韩美林最爱画的是什么?——猫头鹰。有一年,韩美林去黄山写生,人家送了他一只猫头鹰,很小,只能托在手掌心,那一睁一闭的阴阳眼,像极小大人,老谋深算的样子,既滑稽,又逗人爱。韩美林喜欢极了,整天和猫头鹰形影不离。韩美林还给它拍了不少照片,凡见到的,都夸好。韩美林灵机一动,索性把拍得最好的一张贴在工作证上,用以代替自己的照片。这玩笑开得太大了。有一次,韩美林到邮局办事,掏出工作证递给服务员,对方一翻,立马沉下脸:"这就是你的工作证?"韩美林答:"是呀。"服务员把工作证往他面前一摊:"你看你这模样!"韩美林低头一瞧,妈呀,那上面贴的是猫头鹰的照片!

哈哈,这就是韩美林!这就是我向世界推荐的艺术大家!

"不可夺"之志

唐代马总编纂的《意林》一书引用《任子》的话说："水可干而不可夺湿，火可灭而不可夺热，金可柔而不可夺重，石可破而不可夺坚。"这四句古训如四方棱镜，将天地至理折射为民族精神的四种光谱——那不可磨灭的质性，恰是文明进程中最恒定的坐标。

且以百年来的近现代史为例：

鲁迅似火。观世，是火眼金睛；写作，是炉火纯青；战斗，是星火燎原。他早年弃医从文，放下的是治疗肉体的手术刀，举起的是针对国民灵魂的解剖刀。《狂人日记》以"吃人"二字，曝光礼教社会的虚伪与黑暗；《野草》以"地火在地下运行"，呼唤人性觉醒的黎明；《阿Q正传》把民族劣根的"精神胜利法"置于聚光灯下，哀其不幸，怒其不争；《药》通过用蘸着革命者鲜血的馒头治疗痨病，完成对民众蒙昧的审判；《故事新编》则以解构古史、重塑经典之法，建构起多维度的思想战场。

鲁迅可以被孤立，可以被误解，甚至被封杀，但从未屈服。他以衰病之身伏案疾书，以赤诚之心荐轩辕社稷。生命可以终结，血肉可以凋零，但那火，那思想的烈焰，始终在燃烧，灼穿愚昧，熔化麻木，照亮未来。

齐白石似水。其书法，似渴骥奔泉，意态豪放；其丹青，得林籁泉韵，飘逸天然；其诗文，如万斛泉源，汨汨不绝，不择地而涌。起步于湘潭乡野溪涧，成就于京华艺术大海。他笔下的虾，须若游丝，微妙之处尽显灵动；墨泼荷叶，恍若露珠未干；蛙鸣山泉，未见其形已闻其声。他的画，不止于技法，更是一种透彻灵明的审美哲思，似水之清，似水之远，似水之柔中藏刚。

日寇侵华之际，有日本军人慕名求画，他断然拒绝，友人劝他"与时俯仰"，他怒而言曰："苟且偷生，非我本志。"当利诱与威逼并至，强其辞国赴日，他义正词严地回击："我是中国人，不去日本。若要齐璜赴日，可以先取齐璜之首！"水可蒸发，但水的湿润、清润之性不可夺。画可停笔，命可夺走，而人格、国格之水，自有其本源，涓涓不息，汇成万里江河。

林徽因似金。金岳霖曾盛赞她"一身诗意千寻瀑,万古人间四月天"。世人亦常将她视作"良金美玉",是"金风玉露一相逢"的温柔诗意,是"金声玉振"的高雅典范。然而若只见她之柔,而忽略其内蕴之刚,则未窥其全貌。她虽身材纤细,却毅然选择登高钻低、日晒雨淋的建筑专业;抗战期间,她与梁思成跋山涉水,奔走山河,只为抢救中华古建之神韵。即便卧病在床,仍口述、授课、整理资料,以生命续写文脉。

　　新中国成立,她参与设计国徽与人民英雄纪念碑,将信仰铸为九鼎大吕的国之重器;直面景泰蓝工艺濒临失传,她审图溯源,复兴技艺,使之凤凰涅槃,《和平鸽大圆盘》成为"新中国第一份国礼";为保留北京城中轴线,她挺身而出,据理力争。真正之金,不为市井斤两称量,唯在文明的天平上,方显其沉稳之重与质地之纯。

　　闻一多似石。为诗人时,《红烛》《死水》铿然有声,如投石击水,激起思想波澜;其《七子之歌》,抒亡国之痛,泄思归之恨,亦如"江流石不转,遗恨失吞吴",更似"乱石穿空,惊涛拍岸",彰显出浩浩磊磊之志。当他从讲坛步入祭坛,由学者跃为斗士,更化作那"看试手,补天裂"的"女娲之石"。一九四六年七月十五日,在昆明举行的李公朴追悼会上,他愤然拍案,痛斥暴政:"我们不怕死,我们有牺牲的精神,我们随时像李先生一样,前脚跨出大门,后脚就不准备再跨进大门!"是日下午,国民党特务射出的子弹穿其胸而入,他倒下了——但"正义是杀不完的",他巍然的身影,已铸入民族解放的丰碑,与日月兮齐光。

鲁迅之热,是精神之温;齐白石之湿,是文化之润;林徽因之重,是信仰之沉;闻一多之坚,是道义之挺。

火可熄,水可枯,金可柔,石可碎——这是自然的法则;但热不可夺、湿不可夺、重不可夺、坚不可夺——这是心灵深处之永恒执守。今日我们回顾他们的身影,不仅是致敬,更是在反思与自省:在这个节奏急促、碎片化横行、浮躁喧哗的时代,我们是否还保存着那一份不可动摇的赤子之心?我们是否还拥有那份无问西东的坚定与热忱,是否还能像他们一样,无论置身何境,皆能以家国为怀、文化为根、信仰为灯?

更为关键的是:这些"不可夺"的精神品质,能否成为我们今天立德树人的价值范式?能否化作我们社会共识的文化地基?在失序与彷徨之际,能否支撑我们重新站稳脚下的大地,挺起心中的脊梁?

愿我们都能成为那样的人——守火者不冷,蓄水者不燥,藏金者不轻,立石者不倒。

黄永玉：小才发挥到极致

黄永玉寄住在一个朋友家里，这是个新朋友，由另一个刚认识的朋友辗转介绍给他的。朋友家对门是座大庙，深不可测，说是住着一两千和尚。庙里有两座石头高塔，从南安洪濑再过来十来里地就能远远看到它高高的影子。庙里有许多大小院子和花坛，宝殿里尽是高大的涂满金箔、闭着眼睛的菩萨。一个偏僻安静的小禅堂之类的院子，冲着门是用砖砌得漂亮之极的影壁，上面长满了厚厚的青苔。绕过影壁，是满满一院子的玉兰花，像几千只灯盏那么闪亮，全长在一棵树上。来来往往多走几回，黄永玉的胆子就大了起来，最后索性爬上树去摘了几枝。过两天他又去摘了，刚上得树去，就发现底下站着个秃顶的老和尚，还留着稀疏的胡子。

"嗳！你摘花干什么呀？"

"老子高兴，要摘就摘！"

"你瞧，它在树上长得好好的……"

"你已经来了两次了。"

"是的，老子还要来第三次。"

"你下来，小心点，听你讲话不像是泉州人。"

口里咬着花枝，几下子就跳到地上。

"下来了！嘿！我当然不是泉州人。"

"到我房间里坐坐好吗？"

一间萧疏的屋子。靠墙一张桌子，放了个笔筒，几支笔，一块砚台，桌子边上摆了一堆纸，靠墙有几个写了名字的信封。床是两张长板凳架着门板，一张草席子，床底下一双芒鞋。再也没有什么了，是个又老又穷的和尚。

信封上写着"丰子恺"和"夏丏尊"的名字。

"你认得丰子恺和夏丏尊？"

"你知道丰子恺和夏丏尊？"老和尚反问。

"知道，老子很佩服，课本上有他们的文章，丰子恺，老子从小就喜欢——咦！你当和尚怎么认识夏丏尊和丰子恺？"

"丰子恺以前是我的学生，夏丏尊是我的熟人……"

"哈！你个老家伙吹牛！……说说看，丰子恺哪个时候做过你的学生？"

"……好久了……在浙江的时候，那时候我还没出家哩！"

那是真的了，这和尚真有两手，假装着一副普通和尚的样子。

"你还写字送人啊！"

"是啊！你看，写得怎么样？"和尚的口气温和之极。

"唔！不太好！没有力量，老子喜欢有力量的字。"

"平常你干什么呢？……还时常到寺里来摘花？"

"老子画画！唔！还会别的，会唱歌，会打拳，会写诗，还会演戏，唱京戏，嗳！还会开枪，打豺狗、野猪、野鸡……"

"哪里人啊？多大了？"

"十七。湖南凤凰人……"

与老和尚做朋友的时间很短，原来，他就是弘一法师李叔同。

"老子爸爸妈妈也知道你，'长亭外，古道边'就是你作的。"

"歌是外国的；词呢，是我作的。"

"你给老子写张字吧！"

老和尚笑了："记得你说过，我写的字没有力气，你喜欢有力气的字……"

"是的，老子喜欢有力气的字。不过现在看起来，你的字又有点好起来了。说吧，你给不给老子写吧？"

老和尚那么安静，微微地笑着说："好吧！我给你写一个条幅吧！不过，四天内你要来取啊！记得住吗？"

黄永玉去洛阳桥朋友处玩了一个礼拜，回来的第二天，寺里孤儿院的孩子来说："快走吧！那个老和尚死了！"

进到那个小院，和尚侧身躺在床上，像睡觉一样，一些和尚围在那里。

桌上卷好的书法，其中一卷已经写好了名字，刚要动手，一个年青的和尚制止了他。

"这是老子的，老子就是这个名字，老子跟老和尚是朋友。"

他们马上相信了他。条幅上写着这么一些字："不为众生求安乐，但愿世人得离苦。一音"。

虽然不明白什么意思，黄永玉还是号啕大哭了起来。和尚呀！和尚呀！怎么不等老子回来见你一面呢？

…………

故事生动、传神，绘声绘色，行文草蛇灰线，伏脉千

第三辑 不可量化的灿烂 | 245

里,有人怀疑它的真实性,我倒宁愿信其有。少年浪迹江湖,走的地方多了,哪儿的天上没有云彩!哪儿的深山没有高士!难得他把一件小事,阐述得如此出神入化,注意其中的关键词,黄永玉跟弘一法师讲话,一口一个"老子",大言炎炎,牛皮哄哄,给人的印象非常深刻。黄永玉虽然只受过小学和不完整的初级中学教育,但他凭天分和自学,练出一手好散文,在画人中可位列三甲,这一点,必须充分予以肯定。上述邂逅弘一法师的文章一出,黄永玉的名字就与弘一法师如影随形,如响效声,难解难分。多少人为弘一法师写过大传小传长文短文,又有谁取得如此广告效应?黄永玉深谙符号的妙用,他日后将自己在通州"万荷堂"的起居室命名为"老子居",不外是将跟弘一法师的奇遇文本化、资本化、永久化。光这一手,就足够书呆子们学几辈子!

据黄永玉讲,一九五二年,他从香港来到北京,在中央美院任教。一天,他和几位年轻教员在画素描,徐悲鸿前来观看,坐在他让出的板凳上。徐悲鸿看了他的作品,指点说:"靠里的脚踝骨比外边的高。"这是他唯一的一次得到徐悲鸿的教导。假若文章就写到这里,未免失之过简,黄永玉又把笔触伸向当天的模特,那是一个老头,长髯,干瘦,精神爽朗。徐悲鸿得知他原本是个厨师,就问:"那您能办什么酒席呀?"老头从容回答:"办酒席不难,难的是炒青菜!"徐悲鸿闻言肃然:"耶!老人家呀!您这句话说得好呀,简直是'近乎道矣'。是呀!炒青菜才是真功夫。这和素描、速写是一样嘛!是不是?……"黄永玉借篙撑船,顺势发挥,赞叹徐悲鸿真是个勤于思考的画家,时时刻刻都能从生活中发现至理。小中见大,一为千万,到了这一步,文章才算正大圆满。黄永玉的本事,就是让他和徐悲鸿唯一的一面,在读者的印象中定格,在艺术史上生根。

黄永玉在散文《北向之痛——悼念钱锺书先生》中说:

> 八十年代我差点出了一次丑,是钱先生给我解的围。
>
> 国家要送一份重礼给外国某城市,派我去了一趟该市,向市长征求意见,如果我画一张以"凤凰涅槃"寓意的大幅国画,是不是合适?市长懂得凤凰火里再生的意思,表示欢迎。我用了一个月时间画完了这幅作品。
>
> ……眼看代表团就要出发了。团长是王震老人。他关照我写一个简要的"凤凰涅槃"的文字

根据，以便到时候派用场。我说这事情简单，回家就办。

没想到一动手问题出来了，有关这四个字的材料一点影也没有。《辞源》《辞海》《中华大辞典》《佛学大辞典》，《人民日报》资料室，遍北京城一个庙一个寺的和尚方丈，民族学院，佛教协会都请教过了，没有！

这就严重了。

三天过去，眼看出发在即，可真是有点茶饭不进的意思。晚上，忽然想到远在天边、近在眼前的救星钱先生，连忙挂了个电话："钱先生，平时绝不敢打扰你，这一番我顾不得礼貌了，只好搬师傅下山。'凤凰涅槃'我查遍问遍北京城，原以为容易的事，这一趟难倒了我，一点根据也查不出……"

钱先生就在电话里说了以下的这些话：

"这算什么根据？是郭沫若一九二一年自己编出来的一首诗的题目。三教九流之外的发明，你哪里找去？凤凰跳进火里再生的故事那是有的，古罗马钱币上有过浮雕纹样，也不是罗马的发明，可能是从希腊传过去的故事，说不定和埃及、中国都有点关系……这样吧！你去翻一翻大英百科……啊！不！你去翻翻中文本的《简明不列颠百科全书》，在第三本里可以找得到。"

我马上找到了，解决了所有的问题。

就这样一个不算生僻的典故，不算多么了不起的学问，经黄永玉反复烘托、渲染，仿佛成了学术界的哥德巴赫猜想，倘不是他交往的圈子中还有个大儒钱锺书，咱堂堂中国就要在外国人面前丢大脸了！按：此文写于1999年，其时，钱锺书的"文化昆仑"形象已经深入人心，黄永玉的文章一出，又让钱锺书这位人中麟凤再涅槃了一回，顺带，也让涅槃时燃起的熊熊火焰映亮他自己。

至于那些关系近的，接触多的，如他的表叔沈从文，更是被他反复咏叹、强化、美化，直到世人提起沈从文，就想到黄永玉，提到黄永玉，就想起沈从文。

提醒读者，我这里丝毫没有贬低黄永玉的意思，恰恰相反，我认为他是把文章做到了家。同样是画家的散文，同样是写人，吴冠中笔太流畅，停不住，缺乏耐人咀嚼、供人乐道的小说化细节；范曾过于矫揉，一副峨冠博带，道貌岸然，仿佛在撰写高头讲章；黄永玉年轻时钟情木刻，他的散文或许受之影响，虽不华丽，但总能给读者留下一幅又一幅入木三分的画面。

　　黄永玉的特长，还体现在善于调动、转化一切生活资源，在他的笔下，儿时逃学，被点化成反抗旧式教育；初中一再留级，被描绘成大才落拓不羁；"肿眼泡，扇风耳，大嘴巴，近乎丑"的外貌，被塑造成天生异禀；国画功夫不深，素描薄弱，造型欠准，他却以攻为守，申明："谁再说我画的是国画，我就告他！"

　　这是什么？这就是气场啊！

　　还有一事，很小的事，亦可见出黄永玉的与众不同。画家办展览，本朝习惯请官员剪彩，请的官员级别越高，画家的面子越大。问题是，官员众多，你请甲，他请乙，彼此往往难分高下。黄永玉出奇招：不请官员，请花农。这就成了新闻。当然，花农不是随意选择，而是有渊源，有情义，这就又有了故事。得作秀时且作秀，黄永玉凭着新闻和故事，又美美地炒了一把。

　　黄永玉的天分气质与后天的经历，赋予他特有的慧心灵性。黄永玉的身上，既集合了湘西山民的蛮野、豁达，上海滩的圆滑、潇洒，港人的勤勉、奋争，也具备了北方的苍茫、大气。因此，他虽然没有高深学历，以及雄厚的理论素养，但他能实践出真知，经历无数次偶然夹杂必然的加减乘除，终于在版画、国画、散文、杂文等领域，都取得了不俗的成绩，一度出任中国美协副主席。行文至此，笔者特别要提出一个细节："文革"时，黄永玉蛰居陋室，天地本已狭小，一个小小的窗户又为邻居的墙壁堵死，室内暗无天日，白天也得开灯。他灵机一动，画了一个大大的窗户，窗外鲜花怒放，生机盎然。他把画挂在被堵死的窗上，每日顾而莞尔，怡然自得。这真是神来之笔！齐白石的腕底凝结木工的劲厉，黄永玉的笔下裹挟流浪汉的恣肆。不知黄永玉作画时是否喝了酒，事隔半个世纪后旧话重提，我并未闻到酒气，却嗅到了几分仙气。在美术圈内，黄永玉以鬼才著称，何谓鬼才？按现代汉语词典，天才指卓绝的创造力、想象力，鬼才指特殊的才能。黄永玉的特殊之处，就在于他把有限的才能发挥到极致，因而也就成了大家。

弱项与强项

欧阳中石生于一九二八年，小时候绝顶聪明，他有两大特长：书法和戏剧。此外，在文学、绘画和体育方面，他也相当出色。可惜他数学差点，从初中升高中，就栽在几何上，第一年没考上。

关于这一事，欧阳中石有一段回忆。他说，一九五六年，他已从北大毕业，在通县师范教了两年书，暑假回到老家济南，顺便看望自己读中学时的语文老师顾谦。此公乃一代词人、名师顾随的弟弟，因为崇拜鲁迅，连发型和胡须都是仿照鲁迅的样式。巧得很，顾谦先生当时正在理发，听见有人进门，头也不回，问：谁呀？

答：我。

问：是中石吗？

答：是。

问：你现在干吗？

答：教书。

问：教什么？

答：您猜。

顾师说：数学。

中石大为惊讶：您怎么一下就猜到了呢？

顾师说：要是语文、历史，你就不会让我猜，既然让我猜，肯定是让人想不到的。初中时，你的数学不好，有一次几何不及格，所以我就猜数学。

老师的推理，让逻辑专业毕业的欧阳中石大为折服。

但是顾师也有考虑不到的地方：正因为数学曾经是弱项，欧阳中石后来特别加强学习，在加强学习的过程中体会到了乐趣，形成良性循环。高考时，欧阳中石选择的科系就有数学。在北大读逻辑学专业，高等数学是必修课，所以欧阳中石到通县师范教书时，数学已从弱项变成了强项。

欧阳中石晚年讲课，深有体会地说："随着做学问的深入，这才懂得数学知识是非常有用的。在努力攀登的过程中，原来哪里薄弱，就一定得补哪儿。做学问犹如垒金字塔，下底与高是有比例的，下底不宽，是不可能有高的。"

心 读

　　出门百步即邮局，邮局隔壁即理发铺，理发铺隔壁即书店，这三家，我都是常客。理发使我年轻，邮局使我和世界接近，书店，则使我感到慰藉。尤其是后者，在我，这就是一个开架的图书馆，出租汽车的加油站，流浪者的精神家园。啥时想起啥时去，去了就翻，看中了哪本就买，看不中的，仍旧往架上一插。老板永远欢迎我去翻，从不表现出厌烦。一如我欢迎他的书，从不吝啬口袋里的钱。

　　但有一本，看中了，我却不买。不买，又时常去翻。翻完了，就往架上一插。下次去，下次再翻。常翻，常有兴味。越有兴味，越要去翻。可就是不买。老板一次咋呼我："再不买，我就卖给别人了！"我笑笑，不理。仍不买,仍去翻。

都市的特点就是人挤人。文明,又需要人与人之间保持一定距离。这本书的宁馨,在于它离现实很远。登上它的疆界,就如同登上另一个大陆。且在活动,且在漂流,在时间的海洋里。常常我乐而忘归,在它的书页间,不,在它的黄土高原,在它的五岳千峰,在它的江河湖泊。归来时全不感到风尘仆仆,只有精神焕发,只有健步如飞,像充电。

倘若它只是遥远,遥远,这本书的内容,于我像南极,像传说中沉没在大西洋深处、深深处的大西国,恐怕我就不会表现得这么积极,且感觉清爽胜过理发,亲切胜过去邮局取信——那儿设有我的一个私人信箱。不,它其实离现实又很近,很近。近到一睁眼,就能觉着它的光谱;一跺脚,就能觉着它的厚实;一嗅鼻子,就能闻到它的芳香。近到你我他的四肢百骸,都有它的微量元素,生命,都有它的遗传基因。

书里载有昨天,关于我们祖先的最最古老的传说。立在书架前,我常常吃惊得说不出话,吃惊我们的先祖哪儿来的那么大的气魄!盘古老人只一斧头,就在混沌中开辟出苍天和大地。然后是女娲炼石补天。然后是神农尝百草。然后是炎黄二帝逐鹿中原。然后是羿射九日。他们都面对了一个大的空间，无大不大的舞台，他们的生命就在于开拓。他们不屑去数今天早晨得了几颗大枣，晚上又得了几粒花生。他们也发怒，怒就头触不周之山，敢叫天柱折，地维绝。他们也含恨，恨就死后化鸟名精卫，日复一日地口衔树枝、石子，将淹死她的东海填平。

书里又载有实际，最最贴近人心的实际。只要你具备新闻眼，只要你关心邦国大事。比方说：大禹治水，三过家门而不入。姬昌择贤，大兴周族。子罕亮节，"不贪为宝"。晏婴高位，甘居陋室。孙武严肃军纪，斩吴王爱妃。商鞅立木为信，开改革先河。张骞出使西域，辟丝绸之路。杨震以"天知，地知，你知，我知"，拒绝贿赂。当然还有范仲淹"先天下之忧而忧，后天下之乐而乐"。当然还有顾炎武论"天下兴亡，匹夫有责"。当然也还有鲁迅论"中国的脊梁"。

这是一处耀眼的穹窿，历代最明亮的星辰都各嵌其位。这是一处富饶的矿藏，储存的，既有黄金、白银、碧玉，亦有孔雀石、大理石、金刚石。仰观天幕，或者说散步矿区，你的气质会变得高朗，你的胸襟会变得恢宏，你的目光会变得明亮，你的脊背会变得坚挺。你甚至怀疑你不是你，而是他们中的一员，尽管那只是瞬间的幻觉。你肯定会控制不住地向他们跑去，如果不是他们向你跑来，在另一种时空。

　　感谢这家小小的书店，为我提供了这么一株圣庙的菩提。它委实是太小了。前身只是摆在邮局门外的一个地摊，经若干时日后才脱离地面，升级为两条木凳上面搁一块床板，然后又经过若干时日，才挣下了这处不足六个平方米的铺面。我这般兜它的家底，用意是告诉诸位，它和你们身边的众多书摊一样，原是靠那些买了随便翻，翻了随手扔的红绿报刊支撑的。现在已经弃旧迎新，专营图书，但大抵还是跟着新潮走。这本书呵立在架上，大概纯出于偶然。或许就是为了等一个人，比如说等我——这只是，我的瞎想。因为除了我之外，少见有人翻动。而我每次翻阅，都会表现得爱不释手。

　　愣是不买，并非因为价贵，虽说定价三十八元，也不算便宜。不买，却又常常要去翻看，都快两年了，依然是这样。直至最近，老板有点忍不住了，终于发出诘问："先生，这书都快被你翻烂了！何不干脆把它买下？"

　　噢，我似乎从来没有想过这个问题，愣了半晌，才回答："这是买不回去的呀！"

　　这书为红旗出版社出版，名字叫《中国精神》。

幸亏我不是

小时候迷恋文学，读得最开心的是名人传记，长大了侧身新闻，见得最多的是各行各业的名流，晚来舞文弄墨，写得最快意的也是世纪性或世界性的名家大腕。难怪，镇江的雨城先生来信问："您骨子里是不是也有一种名人情结？"

这个，嗯，叫我怎么回答好呢？如果说"一点没有"，不用说他，连鬼也不会相信。俗话说"雁过留声，人过留名"，活在这花花世界，谁能彻底挣断名缰利锁？但若说我写作就是冲着名利，绝对是天大冤枉。写作是爱好，写作是修炼。写作中不可避免地要出名，修炼的结果却愈来愈淡名，怕名，逃名。案头正好有一本美国作家马尔克姆·福布斯的《盛名之累》，拿过来略微翻了一翻，心头越发变得清明，澄澈。于是打开电脑，在荧屏上即兴敲打一篇随感，算是对雨城先生，以及喜欢我、关注我文字的读者的一份回答。

文章题名"幸亏我不是"，我开门见山、直截了当地写道——

幸亏我不是李敖，我的体温一向正常，偶尔头脑发热，从没有超过38℃；就是老夫聊发少年狂，也不会像他那样，公开宣称"五十年来和五百年内，中国人写白话文的前三名是李敖，李敖，李敖"，从而把自己暴露为天真的公众和盲目的批评家的箭靶。

幸亏我不是钱锺书，我是人，不是猴，不管我走到哪儿，都不会有人专门留神我的尾巴；我喜爱清净，讨厌应酬，我有我行我素的自由，即使拒绝住在隔壁的当代司马迁、韩愈的造访，也不会被人捅上报端。

幸亏我不是胡适，空有一大堆朋友，而没有几个知音；我谨守家庭之道，不向陌生的、毫不相关的人员开放，我不要那种名士派头，不要；我的身价不值几文钱，不必担心有人在背后冒称

"我的朋友卞毓方"。

幸亏我不是章太炎，谬忝文人行列，有时难免附尚风雅，自命清高，但我的大脑始终保持足够的清醒，不会装神弄鬼，疯疯癫癫，更不会指着鼻子说自家就是"神经病"！

幸亏我不是王朔，王朔动辄骂人，人也动辄骂他，骂来骂去很热闹，其实闹的是心。我么，并非正人君子，有时也偷偷骂人，我的音量小，扩散不开去；人有时也骂我，如同骂一只蚂蚁，他不好意思高声大嗓，自然也传不到我的耳朵。

幸亏我和刘晓庆、巩俐、张艺谋以及姜文等当红的名角不是一路，我很坦然，出门无须戴墨镜，也不用担心哪个角落会有摄像机窥测，更不用面对公众反复回答各式各样难以启齿的隐私。

林语堂是幽默大师，处处都要端着大师的架子，连讲演也不例外，他的名言"绅士的讲演，应当是像女人的裙子，越短越好"可给他长了脸。话又说回来，台搭得那么高，我不知道他老人家下次还怎么表演。幸亏我不是他，幸亏！

贾平凹因《废都》而名声大噪，勾来若干追星族，据说愣是有痴心的女子千里迢迢跑上门，一见面就作激情拥抱状，吓得贾"叶公"抱头鼠窜，落荒而逃。哈哈，幸亏我不是他，幸亏！

二月河因《落霞》三部曲而一飞冲天，成了新闻媒体爆炒的对象，有消息说他"在一个月内接待过四百多名记者"，真正是门庭若市。我的天！长此以往，他还怎么写作？他要是再也写不出好文章，无论从历史还是现实的角度，岂不都是大大的折本？哇！幸亏我不是他二月河，幸亏！

张爱玲天才横溢，孤芳自赏，十七岁就发出宣言："最恨——一个有天才的女子忽然结了婚。"我不是天才，我的柔情正好和她相反，我希望普天下的才女都能找到她梦中的白马王子。

上帝给了戴望舒一首传世的《雨巷》，巷中有"一个丁香一样的，结着愁怨的姑娘"，同时搭配给他终生"丁香一样的忧愁"。幸亏，上帝没有给我一首传世的《雨巷》，因而也就没有罚我没完没了地"在雨中哀怨，哀怨又彷徨"。

冯友兰说："人必须先说很多话，然后保持静默。"从来就没有一个机会，让我尽情说上很多话，因此，我永远也不必保持静默。

徐志摩额头长得如何如何，眼睛长得如何如何，鼻子、嘴巴长得又如何如何，腰部、腿部长得又如何如何……唉，人都死了多半个世纪了，至今还被人推来搡去，吆五喝六，评头论足。谢天谢地，我的长相只与卧室的镜子有关，出了门，谁也不会注意我的嘴脸。

亚里士多德说："忧郁是人类最有创造性的气质，是天才的同义词。"我也忧郁，但我不是亚里士多德，不必为此承担创造的大任。

卡夫卡梦见自己变成甲虫，他也真的被研究者当成了甲虫。我也常做怪梦，梦里摇身一变为恐龙，为帝王，为外星人，为美女……但我没有义务告诉别人，我私下里偷着乐。

稿子写作途中，电话铃轮番呼唤，有朋友的，也有听过我讲座的可爱的大学生的，我都是亲自去接，幸亏我还没有阔到让客人听家属或秘书的恶声恶气。最后一个电话，是儿子的，小两口在商场买东西，钞票没带足，急急如律令，要老子立马送上。我二话没说，当即中断写得半半拉拉的文章，带钱出门。

开车经过十字路口，一不小心就闯了红灯，交警挥手将我拦下，恍惚中，我想象我是名震天下的卞大才子，如媒体经常渲染的某某某、某某某，那位年轻的交警见了我赶忙一个劲地赔笑，连声说"对不起、对不起"，随后敬礼放行。——唉！这当口，交警他敬礼倒是向我敬礼了，跟着却拿右手两根指头轻轻一勾，示意我下车接受处理。我这才霍然而醒，明白了自己究竟是张三还是李四，然后迅速离座，恭恭敬敬地交出驾驶证，听凭处罚。

天声人语——祖孙空中对话

"爷爷,问你一个问题。"随行的孙儿翊州说。

"你讲。"我扭过头。

"在一个星际系统内,恒星是核心,是发光的,行星、卫星是不发光的,行星围着恒星转,卫星围着行星转,是这样的吗?"

"是的。你们地理书上应该讲过,太阳、地球和月球的关系就是这样。"

"假如有个行星不想围着恒星转呢,比如说地球,或者火星。"

"这不是想不想的问题,而是由它们的质量决定的。宇宙的法则是强者为尊,引力为王,地球要想不绕着太阳转,它的质量就必须大过太阳,能逃出太阳的引力。"

"假如它们能逃出太阳的引力,就能成为恒星吗?"

"不一定。说不定又成为更大的恒星的俘虏。它要成为恒星,我说的质量,不仅指体积,还包括能量,它的核心要能进行强大的核聚变,发出光和热。你看银河系内有许多发光点,它们其实是遥远的恒星。"

"那你那天给郝爷爷题词,为什么说'你自己就是太阳'呢?"

"喔,那是文学语言,郝爷爷身体有点不好,我这是鼓励他克服困难,坚定不移走自己的路。文学和科学,是住在两个房间的。"

"文学和科学,住在两个房间,你能再详细解释一下吗?"翊州问。

"东方红,太阳升,语文书上是这么说的吧。"我说。

"是歌上唱的。"

"对应的说法:西边的太阳快要落山了。"

"嗯,也是歌上唱的。"

"现代地理常识:太阳无所谓东升,无所谓西落,是地球围绕着太阳自西而东旋转。"

"对,地球围着太阳自转。"

"那你能说,早晨,地球的这一面转向了太阳,傍晚，地球的这一面远离了太阳？"

"说起来别扭。"

"是吧，科学是科学，约定俗成是约定俗成。"

"说到约定俗成，我想起了一个词，天马行空，你熟悉吧。"我问。

"知道，就是思维活跃，想象力特别丰富。"翊州答。

"什么是天马？"

"天上的马呗。"

"行空呢？"

"就是在空中飞奔。"

"错了，天马就是骏马，行空，形容在大地上撒开四蹄，风驰电掣，像飞一样。"

"嘿，这个词，我查过百度。天马行空，比喻诗文气势豪放，不受拘束；也比喻浮躁，不踏实。"

"这是转意。词的本义是一回事，理解和转用，则是另一回事。"

卞毓麟先生在《巨匠利器》一书中写道："一九二九年，哈勃发现几乎所有的星系都正在远离我们而去，而且离我们越远的星系远去的速度就越快。哈勃的这项发现，奠定了现代观测宇宙的基础。不久，英国天文学家爱丁顿指出，哈勃的发现正好证实了爱因斯坦广义相对论预言的几种可能性之一：宇宙在膨胀！"

"我们的宇宙正处在一种宏伟的整体膨胀之中，这使得所有的星系不仅仅是远离我们而去，实际上它们相互之间全都在彼此远离。你到任何一个星系上去，都会看到同样的情景。这有如一只镶嵌着许多葡萄干的面包正在不停地膨胀，面包中所有的葡萄干就会彼此离得越来越远。"

我把这一段指给翊州看："这是你上海的一位爷爷写的，说说你的感想。"

"我们老师说，宇宙是由大爆炸形成的，宇宙在膨胀，意味着大爆炸仍在继续。"

"完全正确。你知道我在想什么吗？"

"星球，包括地球，将越来越孤独。"

"你这么想，也没错。不过，我不研究天文，我研究的是人。现代社会发展越来越快，也可以说，现代社会在加速膨胀，因此，人与人之间的距离也越来越远。"

"搞不懂，不晓得这两者间有什么联系。"

"不是联系，是联想。你还小，长大了慢慢就明白。"

"爷爷，你有一篇文章讲，'天才是对孤独的补偿，恒星的光芒往往要过几万年才能抵达地球'，也是文学语言吧。"

"当然。"

"你想说明什么呢？"

"离地球最近的恒星是太阳，它的光芒到达地球要八分钟。银河系的直径约十万光年，因此，银河系恒星的光芒经过几万年抵达地球，是常态。用作文学语言，只是极而言之。比如说，哥白尼、布鲁诺、伽利略，你应该听说过的，他们都是天文界的恒星，他们的日心说，明明是真理，当初却被宗教裁判所判为异端，布鲁诺还被活活烧死，直到三百年后，梵蒂冈教皇才为他们平反。再比如说，曹雪芹的《红楼梦》，是文学世界的一颗恒星，但它的光芒，是在作者死后才慢慢发出，直到一两百年后才广为人知。再举一个，胡适。啊啊，胡适是谁，你不知道。那么，顾准，你就更加不知道了。胡适，顾准，都是二十世纪一等一的大学者，他们的光芒，起码几十年后才传到我们这些人身边，传到你们，恐怕还要隔很久很久。"

"美国有三大宇航中心，一在洛杉矶，一在休斯敦，一在我们游轮的出发地佛罗里达州，从地理上说，居于美国的西南、正南、东南。"我说。

"为什么航天器的运载火箭都是自西向东发射的呢？"翊州不解。

"因为地球是自西向东旋转的,毫无疑问,地球表面的所有物体均沿着纬线的方向随着地球自西向东转动,因此,火箭在地面未发射之前,就已具有了一个和地球自转速度相同并且是向东的速度。如果火箭的发射方向是朝东,那么它就可以利用这个初始速度使自身快捷加速。"我这是百度得来的。

"为什么航天中心要尽量靠近赤道呢?"看来翊州对此早有思考。

"因为地球表面各处的线速度是不同的,南北极点的线速度最小,维度越低线速度越大,赤道的纬度等于零,所以赤道的线速度最大。这就类似于一把转动的雨伞,伞的顶部相当于北极,转动时,线速度最小,而伞尖就相当于地球的赤道。雨伞转动时,雨滴会先从伞尖而不是伞的顶部飞出去,因为伞尖的线速度最大。对于地球来说,赤道上的线速度最大,选择在赤道发射火箭,最节省燃料。

"欧洲纬度高,因此,把航天中心建在靠近赤道的法属圭亚那。

"同理,日本把航天中心放在最南的种子岛。

"我国,也已把航天中心建到了海南的文昌。"

"我们去的加勒比海,是哥伦布最早发现的。"翊州说。

"又对,又不对。"我答,"站在欧洲人的立场上,是哥伦布的船队最早到达了加勒比海,但也有证据表明,站在全球的立场上,亚洲人早在几千年前就到达了那里。"

"我想不明白,"翊州说,"哥伦布只是到达了加勒比海一带的岛屿,岛屿和大陆的概念是不一样的,那么,为什么不说哥伦布发现了加勒比海群岛,而说他发现了新大陆?"

"这个问题,我也没想过。我是这样考虑:地球上百分之七十一的面积是水,剩下的是陆地和岛屿。面积大的为陆地,面积小的为岛屿。陆地和岛屿,并没有严格的界限。哥伦布先发现的是岛屿,后来也到了中美洲的洪都拉斯、巴拿马,从这个角度看,也可以说他发现了美洲新大陆。"

"你看过乔布斯和比尔·盖茨的传记吗?"我问。

"看过,你刚才翻的《乔布斯》,就是从我书架上拿的呀。《比尔·盖茨》,我是从学校图书馆借的。"

"你最深的印象是什么?"

"我记得,他们都是一九五五年生的,比我大五十岁。美国很幸运,一年就出了两个厉害的人物。他俩的共同特点,就是瞄准了科技前沿,在最适当的时机抓住了最应该干的事情。"

"对,就是这么回事。回想起我这一辈,最好的年华,都被我斗你、你斗我浪费掉了,很可惜。"

"搞不懂,怎么叫我斗你、你斗我?"

"三句两句跟你说不清楚。你们运气好,赶上了好时候,有书念。不过,念书也有诀窍,有人会念傻,有人会念聪明。你要多看伟人传记,看他们怎样一步一步由小聪明走向大聪明的。"

"牛顿是天才吗?"我问。

"当然是。"翊州答。

"说说他的成就。"

"我们物理还没学到牛顿。我知道他最出名的故事,就是坐在苹果树下,被一只掉下来的苹果砸中了头,然后灵感爆发,想出了万有引力。"

"那时他很年轻,大概是二十四岁,金子般的年龄。"我感叹。

"好像大学刚毕业。"翊州补充。

"牛顿是遗腹子,家里很穷,母亲不让他念书,要他回家干农活,亏得中学校长帮忙,才念完了中学又念大学,这才有了一位伟大的物理学家。牛顿晚年的选择,我认为是浪费。"

"牛顿晚年干什么了？我不知道。"翊州说。

"牛顿五十四岁时，当上了皇家铸币厂总监，后来又升任总裁，主持英国最大的货币重铸工作。他改善了造币的工艺，断了造假者的路，为此当上了太平绅士。但是作为一个伟大的科学家，他的天才没有能得到持续的发挥。"

"霍金，为什么偏偏是霍金，得了那样的肌肉萎缩症呢？"翊州问。

"不是的，病不认人，得这种病的不是他一个。"我说。

"霍金要不得这种病，成就将更惊人。"

"是啊，我也这么想。这是上帝的旨意，凡人猜不透。海明威在《老人与海》中说了两三次，'光景太好，总不可能持久'。大概就是天妒英才的意思吧。"

"你老提到上帝，您信上帝吗？"翊州表示怀疑。

"我这只是一个比喻，"我说，"相当于平常人口里的老天，老天爷。"

"……"沉默，他在思考什么。

"给你举一个例子。"我翻开《巨匠利器》，指着霍金的一段话，给他看：

> 我们只是一颗小小行星上的一些微不足道的生物，我们这颗小小的行星环绕着一颗普通的恒星转动，这颗恒星处于一个星系的边缘地带。而宇宙中又有一千亿个这样的星系，所以难以相信上帝会关心我们，或者注意我们的存在。

"霍金明确表示不信宗教，"我告诉翊州，"但是，一九七五年四月，他还是去梵蒂冈领取了教皇授予的奖章。"

翊州在阅读关于迈阿密的资料，我看到他在有些关键词下画了红线。

等他看完，我拿了过来。画上红线的是这样一句：

> 二〇〇九年，迈阿密被瑞士联合银行评为美国最富裕的城市。

"这是就某一方面而言吧。"我说。

"网上下载的。"他答。

还有这样的一句，也被用红线突出：

> 二〇〇八年，迈阿密被《福布斯》杂志评为

"美国最干净的城市"。

沉吟。我说:"网上的东西不可全信。"
"你怎么看?"翊州问。
我说:"迈阿密无疑很富裕,那是建筑在贩毒和赌博的基础上的。现在走上了正轨,成为超级繁华的大城市,但未必是'最'。按常识,美国最富裕的城市是纽约。迈阿密无疑也很干净,她东临大西洋,西临墨西哥湾,阳光好,空气好,绿化好,水质好。但是这个'最'字,只是一说,类似于广告,她是旅游城市,她要招徕顾客。"